पेंगुइन स्वदेश

ये मर्द : ये औरतें

सआदत हसन मंटो उर्दू लेखक थे, जो अपनी लघु कथाओं, *बू, खोल दो, ठंडा गोश्त* और चर्चित *टोबा टेकसिंह* के लिए प्रसिद्ध हुए। कहानीकार होने के साथ-साथ वे फिल्म और रेडियो पटकथा लेखक और पत्रकार भी थे। अपने छोटे से जीवनकाल में उन्होंने बाइस लघुकथा संग्रह, एक उपन्यास, रेडियो नाटक के पांच संग्रह, रचनाओं के तीन संग्रह और व्यक्तिगत रेखाचित्र के दो संग्रह प्रकाशित किए। कहानियों में अश्लीलता के आरोप की वजह से मंटो को छह बार अदालत जाना पड़ा था, जिसमें से तीन बार पाकिस्तान बनने से पहले और तीन बार बनने के बाद, लेकिन एक भी बार मामला साबित नहीं हो पाया। इनके कुछ कार्यों का दूसरी भाषाओं में भी अनुवाद किया गया है।

ये मर्द : ये औरतें

मंटो

पेंगुइन स्वदेश
पेंगुइन रैंडम हाउस इम्प्रिंट

पेंगुइन स्वदेश

यूएसए। कनाडा। यूके। आयरलैंड। ऑस्ट्रेलिया। सिंगापुर
न्यू ज़ीलैंड। भारत। दक्षिण अफ्रीका। चीन

पेंगुइन स्वदेश, पेंगुइन रैंडम हाउस ग्रुप ऑफ़ कम्पनीज़ का हिस्सा है,
जिसका पता global.penguinrandomhouse.com पर मिलेगा

पेंगुइन रैंडम हाउस इंडिया प्रा.लि.,
चौथी मंजिल, कैपिटल टावर 1, एमजी रोड,
गुरुग्राम 122002, हरियाणा, भारत

पेंगुइन
रैंडम हाउस
इंडिया

प्रथम संस्करण हिन्द पॉकेट बुक्स द्वारा 1991 में प्रकाशित
यह संस्करण पेंगुइन स्वदेश में पेंगुइन रैंडम हाउस द्वारा 2023 में प्रकाशित

10 9 8 7 6 5 4 3 2

इस पुस्तक में व्यक्त विचार लेखक के अपने हैं, जिनका यथासंभव तथ्यात्मक
सत्यापन किया गया है, और इस संबंध में प्रकाशक एवं सहयोगी
प्रकाशक किसी भी रूप में उत्तरदायी नहीं हैं।

ISBN 9789353496135

मुद्रक : मणिपाल टेक्नॉलजीस् लिमिटेड, भारत

यह पुस्तक रीसाइकल्ड कागज़ पर मुद्रित हुई है

www.penguin.co.in

FSC
www.fsc.org
MIX
Paper | Supporting
responsible forestry
FSC® C043100

This is a legitimate digitally printed version of the book and therefore might not
have certain extra finishing on the cover.

कथा-क्रम

उपन्यास

उपन्यासिका

कहानियां

ये मर्दः ये औरतें

सईद को आए दिन जुकाम होता रहता था। एक दिन जब इस जुकाम ने नया हमला किया, तो उसने सोचा, जुकाम के बजाय मुझे प्रेम क्यों नहीं होता? सईद के जितने मित्र थे, सबके सब प्रेम कर चुके थे और उनमें से कई एक तो अब भी कर रहे थे, लेकिन वह प्रेम को जितना अपने पास देखना चाहता, उतना ही वह उसे अपने से दूर पाता। अजीब बात है, उसे आज तक किसी से प्रेम ही नहीं हुआ! जब कभी वह सोचता कि सचमुच उसका हृदय प्रेम से खाली है, तो उसे बड़ी लज्जा होती और उसके आत्म-सम्मान को ठेस पहुंचती।

बीस वर्ष का दीर्घ काल, जिसमें से कुछ वर्ष उसके बचपन की बे-समझी की धुन्ध में लिपटे हुए थे, कभी-कभी उसके सामने एक लाश की तरह अकड़ जाता था; और वह सोचता, उसका अस्तित्व अब तक बिलकुल निरर्थक रहा है। प्रेम के बिना तो आदमी किसी तरह भी पूर्ण नहीं माना जा सकता।

सईद को इस बात का पूरा एहसास था कि उसका हृदय बड़ा सुन्दर है और इस योग्य भी कि उसमें प्रेम का वास हो, लेकिन संगमरमर का वह महल किस काम का, जिसमें रहने वाला कोई न हो। चूंकि उसका हृदय हर लिहाज से प्रेम के योग्य था, इसलिए इस ख्याल से उसे अत्यन्त दुःख होता कि उसकी धड़कनें बिलकुल व्यर्थ जा रही हैं।

लोगों से उसने सुना था कि जीवन में एक बार प्रेम अवश्य आता है।

स्वयं उसे भी इस बात का हल्का-सा विश्वास था कि मौत की तरह एक बार प्रेम भी अवश्य आएगा, लेकिन कब?

काश, उसकी जीवन-रूपी पुस्तक उसकी अपनी जेब में होती, जिसे खोलकर वह तुरन्त इसका उत्तर पा लेता! लेकिन यह पुस्तक तो घटनाओं द्वारा लिखी जाती है। जब प्रेम आएगा, तो आप ही आप इस पुस्तक में नये पृष्ठों की वृद्धि होती जाएगी। उन नये पृष्ठों की वृद्धि के लिए वह कितना बेचैन था!

वह जब चाहे रेडियो पर गाने सुन सकता था। जब चाहे खाना खा सकता था। इच्छानुसार शराब पी सकता था, जिसकी उसके धर्म में मनाही थी। वह यदि चाहता तो ब्लेड से अपना गाल भी जख्मी कर सकता था, लेकिन नहीं कर सकता था, तो उत्कट इच्छा होने पर भी, किसीसे प्रेम!

एक बार उसने बाजार में एक नौजवान लड़की देखी। उसे देखकर ऐसा महसूस हुआ जैसे वह शलजम है। शलजम उसे बहुत पसन्द थे। वह उसकी चाल को गौर से देखता रहा, जिसमें टेढ़ापन था। वैसा ही टेढ़ापन, जैसा वर्षाऋतु में चारपाइयों में 'कान' पड़ जाने से पैदा हो जाता है। वह वह स्वयं को उससे प्रेम करने पर विवश न कर सका।

प्रेम करने के इरादे से वह कई बार अपनी गली के नुक्कड़ पर दरियों की दुकान पर जा बैठता था। यह दुकान सईद के एक मित्र की थी जो हाईस्कूल की एक लड़की से प्रेम कर रहा था। उस लड़की से उसका प्रेम लुधियाना की एक दरी के कारण हुआ था। दरी के दाम उस लड़की के कथनानुसार उसके दोपट्टे के पल्लू से खुलकर कहीं गिर पड़े थे और लतीफ चूंकि उसके घर के पास रहता था, इसलिए उसने चचा की झिड़कियों और गालियों से बचने के लिए उससे दरी उधार मांगी थी। इधर दरी उधार मांगी, उधर दोनों में प्रेम हो गया।

शाम को बाजार में आवागमन अधिक हो जाता था और दरबार साहब जाने के लिए चूंकि वही एकमात्र रास्ता था, इसलिए स्त्रियां काफी संख्या में सईद के सामने से गुजरती थीं, लेकिन न जाने क्यों उसे ऐसा महसूस होता कि जितने लोग भी बाजार में आते-जाते हैं, सबके सब एकदम उथले और सपाट हैं। उसकी नजरें किसी भी स्त्री, किसी भी पुरुष पर नहीं रुकती थीं।

फिर उसकी आंखें किधर देखती थीं, यह न आंखों को मालूम था, न सईद को। उसकी नजरें दूर, बहुत दूर ईंट-चूने के बने पुख्ता मकानों को छेदती हुई निकल जातीं और न जाने कहां-कहां घूम-घामकर स्वयं ही वापस आ जातीं, बिलकुल उन बच्चों की तरह जो मां की छाती पर औंधे मुंह लेटे नाक, कान और बालों से खेल-खालकर अपने ही हाथों को आश्चर्यमिश्रित दिलचस्पी से देखते-देखते नींद की वादियों में खो जाते हैं।

लतीफ की दुकान पर ग्राहक बहुत कम आते थे इसलिए सईद की उपस्थिति को गनीमत समझते हुए वह उससे तरह-तरह की बातें किया करता था। लतीफ तो उससे बातें करता रहता, लेकिन सईद एकटक सामने लटकी हुई दरी की ओर देखे जाता, जिसमें अनगिनत रंगारंग धागों के उलझाव ने एक डिजाइन पैदा कर दिया था। लतीफ के होंठ हिलते रहते और सईद सोचता रहता कि उसके दिमाग का नक्शा उस दरी के डिजाइन से कितना मिलता-जुलता है। कई बार तो उसे यह भी ख्याल आता कि उसके अपने विचार ही बाहर निकलकर उस दरी पर रेंग रहे हैं।

उस दरी में और सईद की मनःस्थिति में कमाल की एकरूपता थी। अन्तर था, तो केवल इतना कि रंगारंग धागों के उलझाव ने उसके सामने दरी का रूप धारण कर लिया था और उसकी रंगारंग आकांक्षाओं का उलझाव ऐसा रूप धारण नहीं कर पाता था, जिसे दरी की तरह सामने बिछा या लटकाकर देखा जा सकता।

लतीफ तो अधकचरा और अनुभवहीन था। बातचीत करने का सलीका तक उसे नहीं आता था। किसी चीज में यदि उसे सुन्दरता तलाश करने को कहा जाता तो वह अचरज से ऐसे भर जाता कि बिलकुल मूर्ख दिखाई देता। उसमें वह बात ही नहीं थी, जो किसी कलाकार में होती है, लेकिन फिर भी एक लड़की उससे प्रेम करती थी। उसे पत्र लिखती थी, जिसे लतीफ यूं पढ़ा करता था मानो किसी घटिया श्रेणी के अखबार में युद्ध की खबरें पढ़ रहा हो। कभी किसी पत्र को पढ़कर भी उसके शरीर में वह कंपकंपाहट नहीं होती थी, जो ऐसे पत्रों के हर शब्द में गुंथी होती है। शब्दों के मनोवैज्ञानिक महत्त्व से वह सर्वथा अनभिज्ञ था। यदि उससे कहा जाता, 'देखो लतीफ, यह पढ़ो! लिखती है, मेरी बुआ ने कल मुझसे कहा,

यह एकदम तेरी भख को क्या हुआ है? तूने खाना-पीना क्यों छोड़ दिया है? जब मैंने सुना तो मालूम हुआ कि सचमुच आजकल मैं बहुत कम खाती हूं। देखो, मेरे लिए कल शहाबुद्दीन की दुकान से खीर लेते आना… जितनी लाओगे, सब चट कर जाऊंगी...अगली-पिछली कसर निकाल दूंगी…' (कुछ मालूम हुआ, इन पंक्तियों का क्या मतलब है? तुम शहाबुद्दीन की दुकान से खीर का एक बहुत बड़ा दोना लेकर आओगे, लेकिन लोगों की नजरों से बचाकर ड्योढ़ी में जब तुम उसे यह उपहार दोगे, तो इस ख्याल से खुश न होना कि सारी खीर वह स्वयं खा जाएगी। वह कभी नहीं खा सकेगी…पेट भरकर वह कुछ खा ही नहीं सकती। जब मस्तिष्क में विचारों की रेल-पेल हो तो पेट स्वयं ही भर जाया करता है, लेकिन यह तर्क भला उसकी समझ में कैसे आ सकता था! वह तो समझने-समझाने से बिलकुल कोरा था। जहां तक शहाबुद्दीन की दुकान से चार आने की खीर और एक आने की खुशबूदार रबड़ी खरीदने का सम्बन्ध था, लतीफ बिलकुल ठीक था, लेकिन खीर की फर्माइश क्यों की गई और उसके द्वारा उत्सुकता उत्पन्न करने का विचार किन परिस्थितियों में उसकी प्रेमिका के मस्तिष्क में पैदा हुआ, इससे लतीफ को कोई सरोकार नहीं था। वह इस योग्य ही नहीं था कि इन बारीकियों को समझ सके। वह मोटी बुद्धि का आदमी था जो लोहे के जंग खाए गज से बड़े ही भोंडे तरीके से दरियां मापता था और शायद इसी प्रकार के गज से अपनी भावनाओं की पैमाइश करता था।

लेकिन इस वास्तविकता से इनकार नहीं किया जा सकता था कि एक ऐसी लड़की लतीफ से प्रेम करती थी, जो हर प्रकार से उससे बेहतर थी। लतीफ और उस लड़की में उतना ही अन्तर था जितना लुधियाना की दरी और कश्मीर के गुदगुदे कालीन में होता है।

सईद की समझ में यह बात नहीं आती थी कि प्रेम पैदा कैसे होता है? बल्कि यह कहना चाहिए कि पैदा कैसे हो सकता है? वह स्वयं जब चाहे अपने-आप को दुखी अथवा प्रसन्न कर सकता था, लेकिन नहीं कर सकता था तो प्रेम! प्रेम, जिसके लिए वह इतना बेचैन रहता था।

सईद का एक और मित्र, जो इतना आलसी था कि मूंगफली और

चने केवल उसी हालत में खा सकता था, यदि उनके छिलके उतरे हुए हों, अपनी गली की ही एक सुन्दर लड़की से प्रेम कर रहा था। अपनी प्रेमिका की सुन्दरता की चर्चा हर समय उसकी जबान पर रहती थी, लेकिन यदि उससे पूछा जाता कि यह सुन्दरता तुम्हारी प्रेमिका में कहां से शुरू होती है, तो अवश्य ही उसका मस्तिष्क कोरी सलेट की तरह सपाट हो जाता। सुन्दरता का अर्थ वह बिलकुल नहीं जानता था। कालेज में शिक्षा प्राप्त करने पर भी उसका मानसिक विकास बड़े घटिया ढंग पर हुआ था, लेकिन उसकी प्रेम कथा इतनी लम्बी थी कि रेखागणित की पुस्तक से भी बड़ी पुस्तक तैयार हो जाती। आखिर इन लोगों को, इन महामूर्खों को प्रेम करने का क्या अधिकार है? यह प्रश्न कई बार सईद के मस्तिष्क में उभरा और दिन-दिन उसकी परेशानी बढ़ाता चला गया।

वास्तव में दूसरों को प्रेम करते देखकर सईद के दिल में ईर्ष्या की चिंगारी भड़क उठती थी। वह जानता था कि यह उसका कमीनापन है, लेकिन वह विवश था। प्रेम करने की प्रबल इच्छा उसके मन-मस्तिष्क पर इस बुरी तरह से छाई रहती थी कि कई बार मन-ही-मन वह प्रेम करने वालों को गालियां भी दिया करता था, लेकिन गालियां दे चुकने के बाद वह अपने-आप को भी कोसता कि उसने व्यर्थ ही दूसरों को बुरा-भला कहा। यदि संसार के सभी प्राणी एकदम प्रेम करने लगें, तो इसमें मेरे बाप का क्या जाता है? मुझे केवल अपने-आप से सम्बन्ध रखना चाहिए। मैं यदि प्रेमपाश में नहीं पड़ता, तो इसमें दूसरों का क्या दोष है? संभव है किसी लिहाज से मैं इस योग्य ही न होऊं। क्या मालूम, कमअक्ल और मूर्ख होना ही प्रेम करने के लिए आवश्यक हो!

सोचते-सोचते एक दिन वह इस परिणाम पर पहुंचा कि प्रेम एकदम पैदा नहीं होता। वे लोग झूठे हैं, जो ऐसा समझते हैं। यदि ऐसा होता तो उसके हृदय में बहुत समय पहले ही प्रेम पैदा हो चुका होता। अब तक कई लड़कियां उसकी नजरों से गुजर चुकी थीं। यदि प्रेम एकदम पैदा हो सकता तो बहू उनमें से किसी एक के साथ स्वयं को बड़ी आसानी से सम्बद्ध कर सकता था। किसी लड़की को केवल एक या दो बार देखने से प्रेम कैसे पैदा हो जाता है, यह बात उसकी समझ में नहीं आती थी!

कुछ दिन पहले एक मित्र ने जब उससे कहा, 'कम्पनी बाग में आज मैंने एक लड़की देखी और एक ही नजर में उसने मुझे घायल कर दिया', तो यह सुनकर सईद का जी मितलाने लगा। ऐसे वाक्य उसे बहुत ही घटिया मालूम होते थे। घायल कर दिया! लानत है! कितना भोंडा प्रदर्शन है प्रेम का!

जब वह इस प्रकार के बेतुके और घटिया वाक्य किसी की जबान से सुनता, तो उसे ऐसा अनुभव होता मानो उसके कानों में पिघला हुआ सीसा डाल दिया गया है, लेकिन वास्तविकता यह थी कि घटिया मनोवृत्ति और लंगड़ी अभिरुचि के लोग उससे कहीं अधिक प्रसन्न थे। ये लोग जो प्रेम के माधुर्य से बिलकुल कोरे थे, उसके मुकाबले में कहीं ज्यादा सुख-शान्ति का जीवन व्यतीत कर रहे थे।

प्रेम और जीवन को 'एम॰ असलम'[1] के दृष्टिकोण से देखने वाले कितने प्रसन्न थे, लेकिन सईद जो प्रेम और जीवन को अपनी स्वच्छ, निर्मल नजरों से देखता था, दुखी था, अत्यन्त दुखी...

एम॰ असलम से उसे बड़ी घृणा थी। इतना घटिया लेखक आज तक उसकी नजरों से नहीं गुजरा था। उसकी कहानियां पढ़कर हमेशा उसका ख्याल टिब्बी और कटरा धनैय्यां की खिड़कियों की ओर दौड़ जाता, जिनमें से रातों को वेश्याओं के गुलाल से पुते गाल नजर आते हैं, लेकिन आश्चर्य है कि अक्सर नौजवान लड़कियों और लड़कों में उसी की कहानियां प्रेम पैदा करती थीं।

जो प्रेम एम॰ असलम की कहानियां पैदा करती हैं, किस प्रकार का प्रेम होगा? जब कभी वह इस विषय पर विचार करता, तो कल्पना में उसे यह प्रेम एक ऐसे छिछोरे व्यक्ति की शक्ल में दिखाई देता, जिसने दिखावे के लिए अपने सभी अच्छे-अच्छे वस्त्र एक के ऊपर एक भद्दे ढंग से पहन रखा हो।

एम॰ असलम की कहानियों के बारे में उसकी राय चाहे जैसी हो, वास्तविकता यही थी कि नौजवान लड़कियां उन्हें छुप-छुपकर पढ़ती थीं और जब उनकी भावनाएं भड़कती थीं, तो वे तुरन्त उस आदमी से प्रेम

---

1. एक उर्दू लेखक

करना शुरू कर देती थीं, जो उन्हें सबसे पहले नजर आ आता था। इसी तरह 'बहजाद'[1], जिसकी गजलें हिन्दुस्तान की हर 'जान' और 'बाई' रात को कोठों पर गाती है, नौजवान लड़के-लड़कियों में बहुत लोकप्रिय था। क्यों? यह उसकी समझ से बाहर की बात थी।

बहजाद की वह घटिया गजल 'दीवाना बनाना है, तो दीवाना बना दें' लगभग हर शख्स गाता था। उसके अपने घर में उसकी चपटी नाक वाली नौकरानी, जो जैसे-तैसे अपनी जवानी की मंजिलें पार कर चुकी थी, प्रति-दिन बरतन मांझते समय धीमे सुरों में गुनगुनाया करती थी—

दीवाना बनाना है तो दीवाना बना दे···

इस गजल ने उसे दीवाना बना दिया था। जहां जाओ 'दीवाना बनाना है, तो दीवाना बना दे' अलापा जा रहा है। आखिर क्या मुसीबत है, छत पर जाओ, तो काना इस्माइल एक आंख से अपने उड़ते हए कबूतरों की ओर देखकर ऊंचे सुरों में गा रहा है, 'दीवाना बनाना है, तो···' दरियों की दुकान पर बैठो तो बगल की दुकान में लाला किशोरीमल बजाज आराम से बैठा नकसुरी तानें लगाने लगता है, 'दीवाना बनाना है, तो···' दरियों की दुकान से उठकर अपनी बैठक में आओ और रेडियो खोलो, तो अख्तरी बाई फैजाबादी गा रही है, 'दीवाना बनाना है, तो···' क्या बेहूदगी है? वह सोचता, लेकिन एक दिन जब वह अपने पान के लिए छालियां कतर रहा था, तो आप ही आप उसने भी गाना शुरू कर दिया, 'दीवाना बनाना है तो दीवाना बना दें।

मुंह से पहली पंक्ति निकलते ही वह अपने-आप में बड़ा लज्जित हुआ। स्वयं पर क्रोध भी आया, लेकिन फिर एकाएक जोर का कहकहा लगाकर उसने ऊंचे सुरों में गाना शुरू कर दिया, 'दीवाना बनाना है, तो···' ये गाते हुए उसने अपनी कल्पना में बहजाद की सारी शायरी एक कहकहे के नीचे दबा दी और जी ही जी में खुश हो गया।

एक-दो बार उसके मन में यह विचार भी आया कि अन्य लोगों की तरह वह भी एम॰ असलम के कहानी-लेखन और बहजाद की शायरी पर

---

1. एक उर्दू शायर

मोहित हो जाए और यूं किसीसे प्रेम करने में सफलता प्राप्त कर ले, लेकिन कोशिश करने पर भी न तो वह एम० असलम की कोई कहानी पूरी पढ़ सका और न बहजाद की गजल में उसे कोई विशेषता नजर आई और उसने फैसला कर लिया कि चाहे जो हो, वह एम० असलम और बहजाद के बिना ही अपनी इच्छा पूरी करेगा, 'जो विचार मेरे मस्तिष्क में हैं, उन्हींके साथ मैं किसी लड़की से प्रेम करूंगा। अधिक से अधिक यही होगा न कि मैं असफल रहूंगा, तो भी वह असफलता इन दो डुगडुगी बजाने वालों के इशारों पर नाचने से अच्छी होगी।' इस फैसले के बाद से उसके भीतर प्रेम की आकांक्षा और भी प्रबल हो गई और उसने प्रतिदिन सुबह नाश्ता किए बगैर रेल के फाटक पर जाना शुरू कर दिया, जहां से ढेरों-ढेर लड़कियां हाई स्कूल की ओर जाती थीं।

फाटक के दोनों तरफ दो बड़े-बड़े तवे से जड़े हुए थे, जिनपर लाल रोगन पेंट किया हुआ था। दूर से जब वह इन दो लाल-लाल तवों को एक-दूसरे की सीध में देखता, तो उसे मालूम हो जाता कि फ्रंटियर मेल आ रही है। फाटक के पास पहुंचते ही फ्रंटियर मेल मुसाफिरों से लदी-फदी आती और दनदनाती हुई स्टेशन की ओर निकल जाती।

फाटक खुलता और वह लड़कियों की प्रतीक्षा में एक तरफ खड़ा हो जाता। उधर से पच्चीस नहीं, छब्बीस लड़कियां (पहले दिन उसने गिनने में गलती की थी) ठीक समय पर आतीं और रेल की पटरियां पार करती हुई कम्पनी बाग के साथ वाली सड़क पर मुड़ जातीं। इन छब्बीस लड़कियों में से दस लड़कियों को, जो हिन्दू थीं, देखने से कोई फायदा नजर नहीं आया; बाकी सोलह लड़कियों को वह इसलिए न देख सका, क्योंकि शेष सोलह मुसलमान लड़कियों की शक्ल-सूरत बुर्कों में छिपी रहती थी।

दस दिन तक वह बिला नागा फाटक पर जाता रहा। शुरू-शुरू में तो वह उन पर्दापोश और बेपर्दा लड़कियों की ओर देखता रहा, लेकिन दसवें दिन जब सुबह की ठण्डी-ठण्डी हवा चल रही थी और उस हवा में कम्पनी बाग के फूलों की महक भी बसी हुई थी, तो उसने स्वयं को लड़कियों के बजाय उन छोटे-छोटे पेड़ों की ओर देखते पाया, जिनमें अनगिनत चिड़ियां चहचहा रही थीं और फिर जब उसने गौर किया, तो पता चला कि वह एक

हफ्ते से लड़कियों के स्थान पर उन चिड़ियों, पेड़ों और फ्रंटियर मेल के मृत्यु के-से अटल आगमन में दिलचस्पी लेता रहा है।

प्रेम करने के लिए उसने और भी बहुत-से हीले किए, लेकिन असफल रहा। आखिर उसने सोचा, क्यों न अपनी गली में ही कोशिश की जाए? और इसी विचार के अन्तर्गत एक दिन अपने कमरे में बैठकर उसने गली की उन सभी लड़कियों की सूची बना डाली, जिनसे प्रेम किया जा सकता था। सूची तैयार हो गई तो मालूम हुआ कि ऐसी नौ लड़कियां मौजूद हैं।

नम्बर एक हमीदा, नम्बर दो सुगरा, नम्बर तीन नईमा, नम्बर चार पुष्पा, नम्बर पांच विमला, नम्बर छः राजकुमारी, नम्बर सात फातिमा, जिसका उपनाम फातो था और नम्बर आठ बेदी उपनाम की जुबैता।

नम्बर नौ···उसका नाम उसे मालूम नहीं था। यह लड़की पशमीने के सौदागरों के यहां नौकर थी।

अब उसने नम्बरवार गौर करना शुरू किया—

हमीदा सुन्दर थी और बड़ी भोली-भाली। आयु लगभग पन्द्रह वर्ष। हमेशा हंसती रहती। बड़ी नाजुक। उसे देखकर ऐसा मालूम होता कि सफेद शक्कर की पुतली है, भुरभुरी! जरा हाथ लगाया, तो उसके शरीर का कोई अंग टूटकर गिर पड़ेगा।

यदि किसी समय वह उससे यह कहता, 'हमीदा, मैं तुमसे प्रेम करना चाहता हूं', तो अवश्य ही हमीदा की धड़कन रुक जाती। वह उसे सीढ़ियों में ही ऐसी बात कह सकता था। कल्पना ही कल्पना में वह हमीदा से उन्हीं सीढ़ियों पर मिला। वह ऊपर से तेजी के साथ उतर रही थी। उसने उसे रोका और बड़े गौर से उसकी ओर देखा। उसका नन्हा-सा दिल सीने में यों फड़फड़ाया, मानो तेज हवा के झोंके से दिये की लो।वह उससे कुछ नहीं कह सका।

हमीदा से वह कुछ नहीं कह सकता था। वह इस योग्य ही नहीं थी कि उससे प्रेम किया जाता। वह केवल विवाह के योग्य थी। कोई भी पति उसके लिए उपयुक्त था, क्योंकि उसके शरीर का कण-कण पत्नी था। उसकी गणना उन लड़कियों में की जा सकती थी, जिनका पूरा जीवन विवाह के बाद घर की चारदीवारी में सिमटकर रह जाता है, जो बच्चे पैदा करती हैं और दो-

चार वर्षों में ही अपना सारा रंग-रूप खो देती हैं और रंग-रूप खो देने पर भी जिन्हें अपने में कोई विशेष अन्तर महसूस नहीं होता।

ऐसी लड़कियों से, जो प्रेम का शब्द सुनकर यह समझें कि उनसे कोई भारी अपराध हो गया है, वह प्रेम नहीं कर सकता था। उसे विश्वास था कि यदि किसी दिन वह उसे गालिब का कोई शे'र सुना देता, तो लगातार कई दिनों तक नमाज के साथ गुनाह माफ करवाने की दुआएं मांगने पर भी वह यही समझती कि उसका गुनाह माफ नहीं हुआ। वह तुरन्त अपनी मां को सारी बात जा सुनाती और उस पर जो ऊधम मचता, उसकी कल्पना-मात्र से ही सईद कांप-कांप उठता। प्रत्यक्ष है कि सभी उसी को दोषी ठहराते और आयु-भर के लिए उसके चरित्र पर एक बदनुमा धब्बा लग जाता। कोई भी उसकी इस बात पर ध्यान न देता कि वह सच्चे मन से प्रेम करने का इच्छुक है।

नम्बर दो सुगरा और नम्बर तीन नईमा के बारे में कुछ सोचना ही बेकार था, क्योंकि वे दोनों एक कट्टर मौलवी की लड़कियां थीं। उनकी कल्पना करते ही सईद की आंखों के सामने मसजिद की वे चटाइयां आ जातीं, जिन पर मौलवी कुदरतुल्लाह शहाब लोगों को नमाज पढ़ाने और अजान[1] देने में व्यस्त रहते थे। ये लड़कियां जवान और सुन्दर थीं, लेकिन विचित्र बात यह है कि दोनों के चेहरे मसजिद की मेहराबों जैसे थे। जब सईद अपने घर में बैठा उनकी आवाज सुनता, तो उसे ऐसा लगता, जैसे नियमानुसार कोई धीमे सुरों में दुआ मांग रहा हो, ऐसी दुआ जिसका अर्थ दुआ मागने वाला स्वयं भी नहीं समझता। उन्हें केवल खुदा से प्रेम करना सिखाया गया था, इसलिए सईद उनसे प्रेम नहीं करना चाहता था।

वह मनुष्य था और मनुष्य को ही अपना प्रेम-पात्र बनाना चाहता था और सुगरा और नईमा का तो प्रशिक्षण ही ऐसा हुआ करता था कि वे केवल परलोक में पुण्यात्माओं के काम आ सकें।

जब सईद ने उनके बारे में सोचा, तो अपने-आप से कहा, 'भई नहीं, इनसे मैं प्रेम नहीं कर सकता, जो अन्त में दूसरों के हवाले कर दी जाएंगी।

---

1. नमाज की सूचना के शब्द जो जोर से पुकारे जाते हैं।

मुझे इस संसार में पाप भी करने हैं, इसलिए मैं यह जुआ नहीं खेलना चाहता। मुझसे यह कभी सहन न होसा कि इस संसार में, जिससे मैं प्रेम करता हूं, कुछ पापों के बदले दूसरे संसार में वह किसी सदाचारी के हवाले कर दी जाएं।'

और इसीलिए उसने सूची में से सुगरा और नईमा का नाम काट दिया।

नम्बर चार पुष्पा, नम्बर पांच विमला और नम्बर छः राजकुमारी, ये तीन लड़कियां, जिनका आपस में न जाने क्या सम्बन्ध था, सामने वाले मकान में रहती थीं। पुष्पा के बारे में कुछ सोचना व्यर्थ था, क्योंकि शीघ्र ही उसका विवाह होने वाला था, एक बजाज से, जिसका नाम उतना ही असुन्दर था, जितना पुष्पा का सुन्दर। वह अक्सर उसे छेड़ा करता था और खिड़की में से उसको अपनी काली अचकन दिखाकर पूछा करता था, 'पुष्पा, बताओ तो मेरी अचकन का रंग कैसा है?'

पुष्पा के गालों पर क्षण-भर के लिए गुलाब के फूल खिल उठते और वह बड़ी प्रसन्नता से उत्तर देती, 'नीला।'

उसके उस भावी पति का नाम कालूमल था और कोई नहीं जानता था कि उसके माता-पिता ने यह नाम रखते समय उसका कौन-सा हित अपने सामने रखा था। वह जब पुष्पा और कालूमल के बारे में सोचता, तो अपने-आप से कहता, यदि किसी अन्य कारण से उनका विवाह नहीं रुक सकता, तो केवल इसी कारण से रोक देना चाहिए कि उसके भावी पति का नाम इतना बेहूदा है, कालूमल! एक 'कालू' और उसपर 'मल', लानत है!

लेकिन फिर वह सोचता, यदि पुष्पा का विवाह कालूमल बजाज से न हुआ, तो किसी घसीटाराम हलवाई या किसी करोड़ीमल सर्राफ से हो जाएगा। जो हो, वह उससे प्रेम नहीं कर सकता था और यदि करता, तो हिन्दू-मुस्लिम उपद्रव का भय था। मुसलमान और हिन्दू लड़की से प्रेम करे...अव्वल तो प्रेम वैसे ही बहुत बड़ा अपराध है, इस पर मुसलमान लड़के और हिन्दू की लड़की का प्रेम नीम पर करेला चढ़ाने वाली बात थी।

शहर में कई बार हिन्दू-मुस्लिम दंगा हो चुका था, लेकिन जिस गली में सईद रहता था, किन्हीं अज्ञात कारणों से वह उस प्रकार के प्रभावों से बची हुई थी। यदि वह पुष्पा, विमला या राजकुमारी से प्रेम करने का इरादा कर लेता, तो प्रत्यक्ष है कि दुनिया की सारी गाएं और सूअर उस गली में एकत्र हो जाते और सईद को हिन्दू-मुस्लिम दंगे से घोर घृणा थी।

राजकुमारी जो उन दोनों से छोटी थी, उसे पसंद थी। उसके होंठ जो हल्की-हल्की सांसों के कारण हलके-हलके खुलते थे, उसे बहुत अच्छे लगते थे। उन होंठों को देखकर उसे हमेशा यह ख्याल आता कि एक चुम्बन उन होंठों को छूकर निकल गया है। एक बार उसने राजकुमारी को, जो अभी अपने जीवन की चौदहवीं मंजिल तय कर रही थी, उसके मकान की तीसरी मंजिल पर गुसलखाने में नहाते देखा था। अपने मकान के झरोखों से जब सईद ने उसकी ओर देखा, तो उसे ऐसा लगा जैसे उसकी कोई अछूती कल्पना मस्तिष्क से निकलकर साकार हो गई हो। सूरज की मोटी-मोटी किरनें, जिनमें वायुमंडल के अनगिनत कण छिड़काव-सा कर रहे थे, उसके नंगे बदन पर फिसल रही थीं। उन किरनों ने उसके गोरे बदन पर सोने की पर्त-सी चढ़ा दी थी।

पुष्पा और विमला के मुकाबले में राजकुमारी बड़ी सुघड़ थी। उसकी पतली-पतली उंगलियां भी, जो हर समय यों हिलती रहती थी जैसे ख्याली जुराबें बुन रही हों, उसे बहुत पसंद थीं। उन उंगलियों में बड़े चमत्कार छिपे थे, जिन्हें करोशिये और सुई के कामों के रूप में वह कई बार देख चुका था।

एक बार राजकुमारी के हाथ का बना हुआ मेजपोश देखकर उसे ख्याल आया कि उसने अपने हृदय की बहुत-सी धड़कनें भी उसके नन्हे-नन्हे खानों में ग्रंथ दी हैं। एक बार जब वह उसके बिलकुल पास खड़ी थी, उसके दिल में प्रेम करने का ख्याल पैदा हुआ, लेकिन जब उसने राजकुमारी की ओर देखा, तो वह उसे एक मन्दिर-सी दिखाई दी, जिसके पहलू में वह स्वयं मसजिद के रूप में खड़ा था। भला मन्दिर और मसजिद में कैसे मित्रता हो सकती है?

गली की सारी लड़कियों के मुकाबले में यह हिन्दू लड़की मानसिक रूप से बहुत उच्च थी। उसका सुन्दर माथा, जिस पर एक हलकी-सी लट मचचलने को हर समय बेकरार नजर आती थी, उसे बहुत भला मालूम होता था और उसी माथे को देखकर वह मन ही मन कहा करता था कि यदि प्रस्तावना इतनी दिलचस्प है, तो न जाने पुस्तक कितनी दिलचस्प होगी ···मगर···आह!···यह मगर उसके जीवन में यह मगर सचमुच का मगर बनकर रह गया था, जो उसे डुबकी लगाने से हमेशा बाज रखता था।

नम्बर सात फातिमा यानी फातो खाली नहीं थी। उसके दोनों हाथ प्रेम से भरे हए थे। एक अमजद से, जो वर्कशाप में लोहा कूटता था और दूसरा अमजद के चचेरे भाई से, जो दो बच्चों का बाप था। फातिमा यानी फातो उन दोनों भाइयों से प्रेम कर रही थी, मानो एक पतंग से दो पेच लड़ा रही थी। एक पतंग में जब दो और पतंगें उलझ जाएं, तो काफी दिलचस्पी पैदा हो जाती है और इस तिगड्डे में यदि एक और पेच की वृद्धि हो जाती, तो यह उलझाव बिलकुल भूल-भुलैया का रूप धारग कर लेता! जो सईद को किसी तरह पसन्द नहीं था। इसके अलावा फातो जिस प्रकार का प्रेम कर रही थी, वह बड़ा ही घटिया दर्जे का था। जब सईद उस प्रकार के प्रेम की बाबत सोचता, तो प्राचीन प्रेम-कथाओं की बूढ़ी कुटनी पीले कागजों के बदबूदार ढेर में से निकलकर लाठी टेकती हुई उसके सामने आ खड़ी होती और उसकी और यूं देखने लगती, जैसे कहना चाहती हो, 'मैं आसमान के तारे तोड़कर ला सकती हूं। बता तेरी नजर किस लौंडिया पर है? यूं चुटकियों में तुझसे मिला दूंगी।'

इस बुढ़िया की कल्पना के साथ ही जब वह गृहवाटिका के बारे में सोचता है, जहां वह बुढ़िया उसकी प्रेमिका को किसी बहाने से ला सकती थी, तो न जाने क्यों गृहवाटिका के स्थान पर जाहिरा पीर और दातागंज बख्श का मजार उसकी आंखों के सामने आ जाता और इस दृश्य के साथ ही उसके प्रेम का सारा नशा हवा हो जाता। प्रेम के स्थान पर एक ऐसी कब्र खड़ी हो जाती, जिस पर हरे रंग का गिलाफ चढ़ा होता और अनगिनत फूल-हार उस पर बिखरे होते।

कभी-कभी उसे यह भी ख्याल आता कि यदि कुटनी असफल रही, तो

कुछ दिनों के बाद इस मोहल्ले से मेरा जनाजा निकलेगा और दूसरे मोहल्ले से मेरी युवा प्रेमिका का। ये दोनों जनाजे रास्ते में टकराएंगे और दो ताबूतों का एक ताबूत बन जाएगा, या फिर प्रेम-कथाओं के परिणाम की तरह जब मुझे और मेरी प्रेमिका को दफनाया जाएगा, तो एक चमत्कार के वशीभूत दोनों कब्रें आपस में मिल जाएंगी। वह यह भी सोचता कि अगर वह मर गया और उसकी प्रेमिका किसी कारण से जान न दे सकी, तो हर जुमअरात (बृहस्पतिवार) को वह उसकी कब्र पर अपने कोमल हाथों से फूल चढ़ाया करेगी, दिया जलाया करेगी और अपने बाल बिखराकर कब्र के साथ अपना सिर फोड़ा करेगी और चुगताई[1] एक और चित्र बना देगा जिसके नीचे लिखा होगा—

हाय उस जूद पशेमां का[2] पशेमां होना !

या कोई शायर एक और गजल लिख देखा, जिसे तमाशबीन एक समय तक कोठों पर तबले की थाप के साथ सुनते रहेंगे। उस गजल के शे'र इस किस्म के होगा—

मेरी लहद पे[3] कोई पर्दापोश आता है।
चिरागे - गोरे - गरीबां[4] सबा[5] बुझा देना।

ऐसे शे'र जब कभी वह किसी गजल में देखता, तो इस परिणाम पर पहुंचता कि प्रेम गोरकन[6] है जो हर समय कंधे पर कुदाल लिए प्रेमियों की कब्रें खोदने के लिए तैयार रहता है। इस प्रेम से वह अपने प्रेम की तुलना करता तो, धरती-आकाश का अन्तर पाता। या तो उसका दिमाग खराब है या वह जीवन-व्यवस्था तुच्छ है, जिसमें उसे जीना पड़ रहा है।

सईद अगर कोई दीवान (कविता संग्रह) खोलता, तो उसे ऐसा महसूस होता, जैसे वह किसी कसाई की दुकान में दाखिल हो गया है। हर शे'र उसे बेखाल का ऐसा बकरा दिखाई देता, जिसका मांस चर्बी-समेत दुर्गन्ध छोड़ रहा हो और उसकी जबान पर वह स्वाद पैदा हो जाता, जो कुर्बानी के बकरे का मांस खाते समय वह महसूस किया करता था।

---

1. प्रसिद्ध कलाकार 2. शीघ्र लज्जित होने वाले का 3. कब्र पर 4. परदेसी की कब्र का दीपक 5. प्रभात-समीर 6. कब्रें खोदने वाला

वह सोचता, जिस प्रांत में जनसंख्या का चौथा भाग शायर है और ऐसे ही शे'र कहता है, वहां प्रेम मांस के लोथड़ों के नीचे दबा रहेगा। यह 'निराशा-भाव किसी न किसी तरह एक-दो दिन के बाद गायब हो जाता और वह फिर से नई ताजगी के साथ अपनी प्रेम-समस्या पर विचार करना शुरू कर देता।

नम्बर आठ ज़ुबैदा यानी बेदी भरे-भरे हाथ-पैरों की लड़की थी। दूर से देखने पर गुंधे हुए मैदे का एक ढेर-सा दिखाई देती थी। गली के एक लड़के ने एक बार उसको आंख मारी। बेचारे ने यों अपने प्रेम का प्रारम्भ करना चाहा था, लेकिन उसे लेने के देने पड़ गए। लड़की ने अपनी मां को सारी राम कहानी कह सुनाई। मां ने अपने बड़े बेटे से बात की और उसे गैरत दिलाई। परिणामस्वरूप एक आंख मारने के दूसरे दिन शाम को जब अब्दुलगनी साहब हिकमत यानी चिकित्सा-विज्ञान सीखकर घर लौटे तो उनकी दोनों आंखें सूजी हुई थीं। कहते हैं कि ज़ुबैदा यानी बेदी चिक में से यह तमाशा देखकर बहुत खुश हुई थी।

सईद को चूंकि अपनी आंखें बहुत प्यारी थी इसलिए वह ज़ुबैदा के बारे में क्षण-भर के लिए भी नहीं सोचना चाहता था। अब्दुलगनी ने जो आंख के इशारे से प्रेम की शुरुआत करना चाही थी, तो सईद को यह ढंग बिलकुल बाजारू मालूम होता था। वह यदि उसे अपना प्रेम-सन्देश देना चाहता, तो निःसंदेह अपनी जबान प्रयोग में लाता, जो दूसरे ही दिन काट ली जाती। शल्यचिकित्सा करने से पहले ज़ुबैदा का भाई कभी न पूछता कि बात क्या है? बस, वह गैरत के नाम पर छुरी चला देता। उसे इस बात का कभी ख्याल न आता कि वह स्वयं छः लड़कियों को बर्वाद कर चुका है, जिसका वृत्तांत वह बड़े मजे ले-लेकर अपने मित्रों को सुनाया करता है।

नम्बर नौ, जिसका नाम उसे मालूम नहीं था, पशमीने के सौदागरों के यहां नौकर थी। एक बहुत बड़ा घर था, जिसमें चारों भाई एक साथ रहते थे। यह लड़की, जो कश्मीर की पैदावार थी, उन चारों भाइयों के लिए सर्दियों में शाल का काम देती थी। गर्मियों में वे सबके-सब कश्मीर चले जाते थे और वह अपनी किसी दूर की रिश्तेदार के पास चली जाती थी।

यह लड़की, जो औरत बन चुकी थी, दिन में एक-दो बार जरूर उसकी नजरों के सामने से गुजरती थी और उसे देखकर वह हमेशा यही अनुभव किया करता था कि उसने एक नहीं, एक-साथ तीन-चार औरतें देखी हैं। उस लड़की के बारे में उसने कई बार सोचा था और हर बार उसे नये सिरे से उसकी शक्ति का कायल होना पड़ता था, क्योंकि घर का सारा काम-काज संभालने के साथ-साथ वह आवश्यकतानुसार चारों भाइयों की भी 'सेवा' करती थी।

प्रत्यक्ष रूप से वह प्रसन्न थी। उन चारों सौदागर भाइयों को, जिनके साथ उसका शरीर-सम्बन्ध था, वह एक ही नजर से देखती थी। उसका जीवन एक विचित्र खेल था, जिसमें चार आदमी भाग ले रहे थे। उनमें से प्रत्येक को यह समझना पड़ता था कि बाकी के तीन मूर्ख हैं और जब उनमें से कोई इस लड़की के साथ मिलता था तो, दोनों मिलकर यह समझते थे कि बाकी सबके सब अंधे हैं लेकिन क्या वह स्वयं अन्धी नहीं थी? इस प्रश्न का उत्तर सईद को नहीं मिलता था। यदि वह अंधी न होती, तो एक साथ चार आदमियों से सम्बन्ध स्थापित न करती। संभव है वह उन चारों को एक ही समझती हो; क्योंकि स्त्री और पुरुष का शारीरिक सम्बन्ध एक जैसा ही होता है।

वह अपना जीवन बड़े मजे से व्यतीत कर रही थी। चारों सौदागर भाई उसे छिप-छिपकर कुछ न कुछ जरूर देते होंगे, क्योंकि पुरुष जब किसी स्त्री के साथ कुछ समय के लिए एकांतवास करता है, तो उसके मन में उसका मूल्य चुकाने की इच्छा जरूर उत्पन्न होती है।

सईद उसे अक्सर बाजार में शहाबुद्दीन की दुकान पर खीर खाते या भाई केसरसिंह फल वाले की दुकान पर फल खाते देखा करता था। उसे इन चीजों की आवश्यकता भी थी और फिर जिस बेबाकी से वह फल और खीर खाती थी, उससे पता चलता था कि वह उनका एक-एक कण हज्म कर लेना चाहती है।

एक दिन सईद शहाबुद्दीन की दुकान पर फालूदा पी रहा था और सोच रहा था कि इतनी गरिष्ठ वस्तु वह कैसे पचा पाएगा कि वह आई और चार आने की खीर में एक आने की रबड़ी डलवाकर दो मिनटों में सारी

प्लेट चट कर गई। यह देखकर सईद को बड़ा आश्चर्य हुआ। जब वह चली गई तो शहाबुद्दीन के मैले होंठों पर एक मैली-सी मुस्कराहट पैदा हुई और उसने किसीसे भी, जो सुन ले, सम्बोधन करते हए कहा, "साली मजे कर रही है।"

यह सुनकर उसने फिर से उस लड़की की ओर देखा, जो कूल्हे मटकाती फलों की दुकान के पास पहुंच चुकी थी और शायद भाई केसरसिंह का मजाक उड़ा रही थी। वह हर समय प्रसन्न रहती थी और यह देखकर सईद को बड़ा दुःख होता था। न जाने क्यों, उसके मन में यह विचित्र इच्छा उत्पन्न होती थी कि वह प्रसन्न न रहे।

सन् तीस के आरम्भ तक वह उस लड़की के बारे में यही निश्चय करता रहा कि उससे प्रेम नहीं किया जा सकता।

दो

सन् इकत्तीस के शुरू होने में रात के केवल चंद ठिठुरते घंटे शेष थे। सर्दी के मारे सईद रजाई में कंपकंपा रहा था। उसने पतलून और कोट भी नहीं उतारा था, फिर भी सर्दी की लहरें उसकी हड्डियों तक पहुंच रही थीं। वह उठ खड़ा हुआ और अपने कमरे की हरी रोशनी में, जो सर्दी में और भी वृद्धि कर रही थी, उसने तेजी से टहलना शुरू कर दिया।

थोड़ी देर बाद जब उसके शरीर में कुछ गर्मी आ गई, तो वह आरम-कुर्सी पर बैठ गया और सिगरेट सुलगाकर अपना मस्तिष्क टटोलने लगा। मस्तिष्क चूंकि बिलकुल खाली था, इसलिए उसकी श्रवणशक्ति बहुत तेज थी। कमरे की सारी खिड़कियां बन्द थीं लेकिन वह बाहर गली में हवा की मद्धिम गुनगुनाहट बड़ी आसानी से सुन रहा था। उसी गुनगुनाहट में उसे कुछ इन्सानी आवाजें सुनाई दीं। एक दबी-दबी-सी चीख दिसम्बर की आखिरी रात के सन्नाटे में चाबुक फटफटाने की-सी आवाज की तरह उभरी। फिर किसीका प्रार्थी स्वर कंपकंपाया। वह उठ खड़ा हुआ और उसने खिड़की के छिद्र में से बाहर की ओर देखा।

वही···वही लड़की यानी सौदागरों की नौकरानी बिजली के खम्बे के नीचे खड़ी थी।—उसे इस हालत में देखकर सईद की कोमल भावनामों को धक्का-सा लगा।

इतने में किसी पुरुष की भिंचती-सी आवाज आई, “खुदा के लिए अन्दर चली आओ। कोई देख लेगा, तो आफत आ जाएगी।”

जंगली बिल्ली की तरह लड़की ने गुर्राकर उत्तर दिया, "नई आऊंगी। बस, एक बार जो कह दिया, नहीं आऊंगी।"

उस पुरुष की आवाज फिर आई, "खुदा के लिए ऊंचे न बोलो। कोई सुन लेगा, राजो···"

तो इसका नाम राजो था!

राजो ने अपनी चुटिया को झटका देकर कहा, "सुन ले, खुदा करे कोई सुन ले और अगर तुम इसी तरह मुझे अन्दर आने के लिए कहते रहे। 'तो मैं खुद पूरे मोहल्ले को जगाकर सब कुछ कह दूंगी, समझे!"

राजो सईद को नजर आ रही थी, लेकिन जिससे वह बातें कर रही थी, वह नजरों से ओझल था। उसने बड़े छिद्र में से राजों की ओर देखा, तो उसके शरीर में कंपकंपी-सी दौड़ गई। उसे देखकर सईद को ऐसा लगा कि औरत के बारे में उसकी सारी भावनाएं अपने कपड़े उतार रही हैं।

यह दृश्य देखकर सईद अनमना-सा हो गया। उसने चाहा कि खिड़की से हटकर अपने बिस्तर पर चला जाए और सब कुछ भूल-भालकर चुपचाप सो जाए, लेकिन न जाने क्यों खिड़की के उस छिद्र पर उसकी आंखें जमी रहीं। राजो को इस अवस्था में देखकर उसके मन में काफी घृणा पैदा हो गई थी और शायद उसी घृणा के कारण वह दिलचस्पी ले रहा था।

सौदागर के सबसे छोटे लड़के ने, जिसकी आयु तीस बरस के लगभग थी, एक बार फिर प्रार्थी स्वर में कहा, "राजो, खुदा के लिए अन्दर चली आओ। मैं तुमसे वादा करता हूं कि फिर कभी नहीं सताऊंगा। लो, अब मान जाओ। देखो, खुदा के लिए अब मान जाओ। यह तुम्हारी बगल में वकीलों का मकान है, उनमें से किसीने देख लिया तो बड़ी बदनामी होगी।"

राजो खामोश रही, लेकिन थोड़ी देर के बाद बोली, "मुझे मेरे कपड़े ला दो। बस, अब मैं तुम्हारे यहां नहीं रहूंगी। मैं तंग आ गई हूं। मैं कल से वकीलों के यहां नौकरी कर लूंगी, समझे! अब अगर तुमने मुझसे कुछ कहा, तो खुदा की कसम, शोर मचाना शुरू कर दूंगी। चुपचाप मेरे कपड़े ला दो।"

सौदागर के लड़के की आवाज आई, "लेकिन तुम रात कहां काटोगी?"

"जहन्नुम में! तुम्हें इससे क्या? जाओ, तुम अपनी बीवी के पास जाओ। मैं कहीं सो जाऊंगी।"

उसकी आंखों में आंसू थे। वह सचमुच रो रही थी।

छिद्र पर से आंखें हटाकर सईद पास पड़ी कुर्सी पर बैठ गया। राजो की आंखों में आंसू देखकर उसे एक विचित्र प्रकार का आघात हुआ था। इसमें संदेह नहीं कि उस आघात के साथ वह घृणा भी लिपटी हुई थी, जो राजो को उस अवस्था में देखकर सईद के मन में पैदा हुई थी, लेकिन कोमल हृदय होने के कारण वह पिघल-सा गया। राजो की आंखों में, जो शीशे के मर्तबान में छोड़ी चमकदार मछलियों की तरह हमेशा गतिशील रहती थी, आंसू देखकर उसका जी चाहा कि किसी तरह उसे तसल्ली दे···।

राजो के चार बहुमूल्य वर्ष सौदागर भाइयों ने मामूली चटाई की तरह इस्तेमाल किए थे। इन वर्षों पर चारों भाइयों के पदचिह्न कुछ इस प्रकार गडमड हो चुके थे कि उनमें से अब किसीको इस बात का भय नहीं रहा था कि कोई उनके पद-चिह्नों को पहचान लेगा और राजो के बारे में तो यह कहा जा सकता था कि वह न अपने पदचिह्न देखती थी न दूसरों के। उसे बस चलते जाने की धुन थी, किसी भी ओर, लेकिन अब शायद उसने मुड़कर देखा था। मुड़कर उसने क्या देखा था कि उसकी आंखों में आंसू आ गए? यह सईद की समझ में नहीं आ सका।

जो चीज मालूम न हो, उसे मालूम करने की जिज्ञासा शायद हर आदमी के दिल में पैदा होती है। कुर्सी पर बैठा सईद देर तक अपनी मालूमात को उलट-पलटकर देखता और सोचता रहा और जब उठकर उसने कुछ और मालूम करने के लिए खिड़की के छिद्र पर आंख जमाई, तो राजो वहां नहीं थी। देर तक यह उस छिद्र पर आंखें जमाए रहा, लेकिन उसे बिजली की बर्फीली रोशनी में गली के ऊबड़-खाबड़ फर्श और गंदी नाली के सिवा, जिसमें पालक के अनगिनत डंठल पड़े थे, और कुछ नजर न आया।

बाहर सन् तीस की अंतिम रात दम तोड़ रही थी और उसका दिल धक्-धक् कर रहा था।

राजो कहां है?···क्या अन्दर चली गई···क्या मान गई···लेकिन सवाल यह है कि वह किस बात पर झगड़ी थी?

राजो के फड़फड़ाते हुए नथने अभी तक सईद की आंखों के सामने थे। अवश्य ही सौदागर के छोटे लड़के से, जिसका नाम महमूद था, किसी बहुत बड़ी बात पर उसका झगड़ा हो गया था जभी तो वह दिसम्बर की लहू जमा देने वाली रात में केवल एक बनियान और शलवार के साथ बाहर निकल आई थी और अन्दद जाने का नाम न लेती थी।

जब सईद सोचता कि उनके झगडे का कारण···लेकिन वह इस कारण पर सोचना ही नहीं चाहता था। जरा-सा सोचने पर ही बड़ा घिनौना दृश्य उसकी आंखों के सामने आ जाता था। लेकिन फिर उसे ख्याल आता कि झगड़े का यह कारण नहीं होगा, क्योंकि इसके तो वे दोनों आदी थे। एक अरसे से राजो उन सौदागर भाइयों को बड़े सलीके से एक ही दस्तर ख्वान पर खाना खिला रही थी लेकिन अब एकाएक क्या हो गया था? राजो के ये शब्द उसके कानों में जिद्दी मक्खी की तरह भनभना रहे थे···'जहन्नुम में···तुम्हें इससे क्या···जाओ, तुम अपनी बीवी के पास जाओ। मैं कहीं न कहीं सो जाऊंगी' कितनी पीड़ा थी इन शब्दों में!

उसे दुखी देखकर सईद की एक अज्ञात भावना तृप्त अवश्य हुई थी, लेकिन इसके साथ ही उसके मन में दया भी आई थी। उसने किसी स्त्री से आज तक सहानुभूति प्रकट नहीं की थी। वह राजो को दुखी देखना चाहता था, ताकि उससे सहानुभूति प्रकट कर सके। वह उससे सहानुभूति प्रकट कर सकता था, क्योंकि वह उसे सह सकती थी। यदि गली की किसी अन्य लड़की से वह हमदर्दी प्रकट करता, तो बहुत बड़ी आफत आ जाती क्योंकि उस सहानुभूति का दूसरा ही अर्थ लगाया जाता।

राजो के सिवा गली फी तमाम लड़कियां ऐसा जीवन व्यतीत कर रही थीं, जिससे ऐसे क्षण बहुत ही कम आते हैं, जब उनसे विशेष प्रकार की सहानुभूति की जा सके और यदि ऐसे क्षण आते हैं, तो तुरन्त ही उनके दिलों में हमेशा के लिए दफन हो जाते हैं। इच्छाओं और आशाओं की कब्रें यदि बनती हैं, तो उन पर फातहा पढ़ने की आज्ञा नहीं मिलती, या इसका अवसर ही प्राप्त नहीं होता। यदि प्रेम की कोई चिता तैयार होती है, तो आस-पास के लोग उसपर राख डाल देते हैं कि शोले न झड़कें।

सईद सोचता कि यह कितना कष्टदायक एवं कृत्रिम जीवन है कि

किसी को अपने जीवन के गड्ढे दिखाने की इजाजत नहीं। वे लोग जिनके कदम मजबूत नहीं, उन्हें अपनी लड़खड़ाहटें छिपानी पड़ती हैं। प्रत्येक व्यक्ति को एव जीवन अपने लिए और एक दूसरों के लिए व्यतीत करना पड़ता है। आंसू भी दो प्रकार के होते हैं और कहकहे भी। एक वे आंसू, जो जबरदस्ती आंखों से निकालने पड़ते हैं और एक वे, जो आप ही आप निकल आते हैं। एक कहकहा वह है, जो एकांत में लगाया जाता है और दूसरा वह जो शिष्टता के नियमों के अनुसार कण्ठ से निकालना पड़ता है।

शायर, जिसकी सारी उम्र कोठों पर और शराब के ठेकों में गुजरी हो, मौत के बाद हजरत, मौलाना और न जाने क्या-क्या बना दिया जाता है। यदि उसकी जीवनी लिखी जाए, तो उसे फरिश्ता साबित करना हर जीवनी-लेखक का मुख्य कर्तव्य हो जाता है।

गधे, घोड़े, खच्चर, ऊंट इत्यादि हर जानदार और बेजान चीज पर नैतिकता एक चौकन्ने सवार की तरह चढ़ी बैठी है। साहित्य पर, इतिहास पर, हर मनुष्य की गर्दन पर नैतिकता बैठा दी गई है। बड़े से बड़े मनुष्य से लेकर गायक मास्टर निसार तक सबके सब नैतिकता से ग्रस्त हैं। सईद यदि चाहता था, तो ठीक ही चाहता था कि राजो की हर समय हंसने वाली आंखों में आंसू नजर आएं और वह उन आंसुओं को नैतिकता से बेपरवाह होकर अपनी उंगलियों से छूए। वह अपने आंसुओं का स्वाद अच्छी तरह जानता था, लेकिन वह दूसरों की आंखों के आंसू भी चखना चाहता था। विशेषकर किसी स्त्री के आंसू। स्त्री चूंकि वर्जित प्राणी है, इसलिए उसकी यह इच्छा और भी प्रबल हो गई।

सईद को विश्वास था कि यदि वह राजो के निकट होना चाहेगा, तो वह जंगली घोड़ी की तरह बिदकेगी नहीं। राजो गिलाफ चढ़ी औरत नहीं थी। वह जैसी भी थी, दूर से नजर आ जाती थी। उसको देखने के लिए सूक्ष्मदर्शक यम्त्र या किसी अन्य यन्त्र की आवश्यकता नहीं थी। उसकी भद्दी और मोटी हंसी, जो अक्सर उसके मटमैले होंठों पर बच्चों के टूटे हुए घरौंदे की तरह नजर आती थी, असली हंसी थी, बड़ी स्वस्थ हंसी और अब जबकि उसकी निरंतर गतिशील आंखों ने आंसू उगले थे, तो उनमें भी कोई कृत्रिमता नहीं थी। राजो को सईद एक समय से जानता था।

उसकी आंखों के सामने राजो के चेहरे की रूपरेखा बदली थी और वह लड़की से औरत बन गई थी। अब उसके भीतर एक के बजाय चूंकि तीन-चार औरतें थीं, इसलिए वह चार सौदागर भाइयों को जनसमूह नहीं समझती थी, लेकिन सईद को यह जनसमूह पसंद नहीं था। वह एक स्त्री के साथ एक ही पुरुष को सम्बद्ध देखना चाहता था, लेकिन यहां, यानी राजो के मामले में उसे अपनी पसंद और नापसंद के बीच रुक जाना पड़ता था, क्योंकि इस बारे में सोचते हुए उसके मस्तिष्क में कई प्रकार के विचार एकत्र हो जाते थे और कई बार तो अनिच्छा से ही उसे राजो की प्रशंसा करनी पड़ती। यह प्रशंसा किस बात की थी? इस बारे में वह विश्वास के साथ कुछ नहीं कह सकता था। विचारों की भीड़-भाड़ में वह इस भाव को पहचानने में हमेशा असफल रहा था।

गली के सभी लोग राजो को भली भांति जानने थे। मौसी महन्ती गली की सबसे बूढी स्त्री थी। उसका चेहरा ऐसा था, जैसे पीले रंग के सूत की अट्टियां बड़ी बेपरवाही से नोचकर एक-दूसरे में उलझा दी गई हों। यह बुढ़िया भी, जिसे आंखों से बहुत कम सुझाई देता था और जिसके कान करीब-करीब बहरे थे, राजो से हुक्के की चिलम भरवाकर उसकी पीठ-पीछे अपनी बहू से, या जो कोई भी उसके पास बैठा होता उससे कहा करती थी, 'इस लौंडिया को घर में ज्यादा न आने दिया करो वरना किसी दिन अपने खसमों से हाथ धो बैठोगी''', और यह कहते समय शायद उस बुढ़िया की झुर्रियों में उसकी खोई जवानी की कोई याद रेंग जाती थी।

राजो की अनुपस्थिति में सब उसको बुरा कहते थे और उन गुनाहों के लिए खुदा से क्षमा मांगते थे, जो शायद आगे चलकर कभी उनसे हो जाएं। स्त्रियां जब कभी राजो की चर्चा करतीं, तो अपने-आप को अत्यन्त सच्चरित्र मानते हुए मन ही मन गौरव का अनुभव करतीं कि उन्हीं के अस्तित्व से सतीत्व की प्रतिष्ठा कायम है।

राजो को सब बुरा समझते थे, लेकिन विचित्र बात यह थी कि उसके सामने आज तक किसी ने अपनी घृणा प्रकट नहीं की थी, बल्कि सभी हमेशा प्यार-मोहब्बत से उसके साथ पेश आते थे। शायद इसका कारण वही तथाकथित नैतिक स्तर हो, लेकिन इस अच्छे व्यवहार में राजो की

प्रसन्नचित्तता और दूसरों को अनुगृहीत करने वाले स्वभाव का भी पर्याप्त योग था। सौदागरों के घर के काम-काज से निबटकर जब कभी वह किसी पड़ोसी के यहां जाती, तो वहां बेकार गप नहीं लड़ाती थी। कभी किसी बच्चे के पोतड़े बदल दिए। कभी किसी की चोटी गूंथ दी। किसी के सिर में से जूएं निकाल दी। मुट्ठी-चापी कर दी। वास्तव में उसे निठल्ला बैठना आता ही नहीं था। उसके मोटे और भद्दे हाथों में बला की फुर्ती थी और उसका दिल, जैसा कि जाहिर है, हर समय इस टोह में रहता था कि किसी की प्रसन्नता का कारण बने।

राजो दूसरों की सेवा में कई-कई घण्टे व्यतीत करती थी, लेकिन प्रशंसा या धन्यवाद के शब्द सुनने के लिए एक क्षण भी नहीं रुकती थी। मौसी महन्तो की चिलम भरी, सलाम किया और चल दी। वकील साहब को बाजार से फालूदा लाकर दिया, उनके छोटे बच्चे को थोड़ी देर गोद में खिलाया और चली गई। गुलाम मुहम्मद नेचाबन्द की बुढ़िया दादी की पिंडलियां सहलाईं और उसको दुआएं लिए बिना यह जा, वह जा।

यह गठिया की मारी बुढ़िया, जो अपनी आयु की ऐसी मंजिल पर पहुंच गई थी, जहां उसका अस्तित्व होने न होने के बराबर था और जिसे गुलाम मुहम्मद हुक्के का बेकार नेचा समझता था, राजो के हाथों एक विचित्र प्रकार के आनन्द का अनुभव करती थी। उसकी अपनी बेटियां उसके पांव दाबती थीं, लेकिन उनकी मुट्ठियों में राजो के हाथों जैसा रस नहीं था। राजो जब उसकी पिंडलियां सहलाती थी, तो वह उसे कोई फरिश्ता नजर आती थी, लेकिन उसके जाने के तुरन्त बाद ही वह कह उठती, 'हरामजादी ने इसी तरह पैर दबा-दबाकर उन सौदागर बच्चों को फांसा होगा।'

विचारोंका वेगन जाने सईद को कहां बहा ले गया। एकाएक वह चौंका और खिड़की के छिद्र पर आंख जभाकर उसने पुनः बाहर की ओर देखा। बिजली की रोशनी गली में ठिठुर रही थी। रात की खामोश गुनगुनाहट सुनाई दे रही थी, लेकिन राजो वहां नहीं थी।

उसने खिड़की के पट खोले और बाहर झांककर देखा। इस सिरे से उस सिरे तक रात की सर्द खामोशी वह रही थी और ऐसा मालूम होता

था कि उस खम्बे के नीचे कभी कोई खड़ा ही नहीं हुआ था। पीली रोशनी में विचित्र प्रकार की वीरानी घुली हुई थी। उसका दिल भर आया। उसके जीवन और अफीम खाने वाले आदमियों के ऊंघते चेहरों जैसी गली में कितनी समता थी!

सईद ने खिड़की का दरवाजा बन्द कर दिया। सोने के लिए उसने रजाई ओढ़ी, तो एक बार फिर सर्दी उसकी हड्डियों तक पहुंचने लगी।

तीन

नया साल धूप ताप रहा था, लेकिन सईद अभी तक बिस्तर ही में लेटा था। केवल लेटा ही नहीं था, गहरी नींद सो रहा था। रात-भर सुबह जागने के बाद सात बजे के करीब उसकी आंख लगी थी और इसीलिए ग्यारह बजने पर भी वह जागने का नाम नहीं ले रहा था।

फिर सिरहाने पड़े टाइमपीस ने बारह बार टन्-टन् की, लेकिन धातु की इस आवाज के बजाय उसके कानों ने राजो की आवाज सुनी, आवाज बहुत दूर से आई थी। वह एकदम जाग पड़ा। यूं एकाएक जागने से उसे लगा, जैसे वह घबराकर उठा है और उसका रेशमी पाजामा संभालने के बावजूद नीचे फिसल गया। उसकी हलकी-फुलकी नींद भी इसी बैंडे तरीके से फिसल गई थी। उसकी बौखलाहट में और भी वृद्धि हो गई, जब उसने राजो को अपने सामने खड़े देखा।

एकाएक उसकी नजरें खिड़की की ओर उठीं, फिर राजो की तरफमुड़ीं, वहां सेद रवाजे की ओर घूमी और फिर-फिराकर पुनः राजो पर जम गई।

राजो ने टाइम पीस की ओर देझते हुए कहा, "मियां जी, बारह बज गए हैं। बीबी जी आपको बुलाती हैं। चाय तैयार है।"

यह कहकर राजो ने टाइम पीस उठाया और उसमें चाबी भरनी शुरू कर दी। चाबी भर चुकी, तो तिपाई पर से पानी का गिलास उठाया और चली गई।

इसका मतलब क्या है? क्या राजो सौदागरों की नौकरी छोड़कर

यहां आ गई है? बात सईद की समझ में नहीं आ रही थी। उसकी मां बड़ी ही रहमदिल औरत थी। वह जानती थी कि राजो का चाल-चलन अच्छा नहीं, लेकिन इसके बावजूद उसने कभी उसे बुरा नहीं कहा था। दिल का हाल खुदा बेतहर जानता है, लेकिन ऊपर से जो कुछ प्रकट था, उससे सईद ने यही परिणाम निकाला था कि उसकी मां एक नेकदिल औरत थी। नेकदिली इस हद तक उसके दिल में बसी हुई थी, या इस हद तक उसने अपने ऊपर ओढ़ रखी थी कि वह किसी को भी बुरा नहीं कह सकती थी। जब वह सुनती कि अमुक व्यक्ति ने चोरी की है, तो यही कहती, बेचारे को जरूरत ने मजबूर किया होगा।

राजो की बुराइयां सुनकर उसने कई बार कहा था, "किसी ने आंख से तो उसकी बुराइयां नहीं देखीं, क्या मालूम सब तुहमतें[1] ही हों। खुदा से हर वक्त डरना चाहिए। हम खुद बहुत गुनाहगार हैं।'

सईद की मां अपने-आप को संसार की सबसे बड़ी गुनाहगार औरत समझती थी। एक बार मजाक-मजाक में सईद ने उससे कहा था, 'बीबी जी, आप हर वक्त कहती हैं, मैं गुनाहगार हूं, मैं गुनाहगार हूं, कहीं ऐसा न हो कि फरिश्ते आपको सचमुच गुनाहगार समझकर दोजख में धकेल दें। क्या उस वक्त भी आप यही कहे जाएंगी, मैं गुनाहगार हूं, मैं गुनाहगार हूं?'

उसकी मां बड़ी बाकायदगी से पांच वक्त नमाज पढ़ती थी। जकात[2] देती थी और वे सभी बातें करती थी जो गुनाहगारों को करनी चाहिए।

सईद काफी सोच-विचार के बाद इस नतीजे पर पहुंचा था कि चूंकि उसकी मां नमाज पढ़ना और रोजे रखना पसन्द करती है, इसलिए ख्वाह-मख्वाह उसे अपने-आप को गुनाहगार समझना पड़ता है और चूंकि अब वह रोजे-नमाज की आदी हो चुकी है, इसलिए हर समय गुनाह का ख्याल करना भी उसकी आदत बन चुकी है।

सईद इस समय भी अपने दिमाग को गुनाह और सवाब (पुण्य) के झगड़े में फंसाने जा रहा था कि उसे राजो का ख्याल आ गया, जो अभी-अभी उसके कमरे से बाहर गई थी। दो बातें हो सकती हैं, उसने सोचा, या तो

---

1. गलत इल्जाम 2. आय का एक भाग दानस्वरूप

वह सौदागरों की नौकरी छोड़कर हमारे यहां चली आई है और मेरी मां ने सवाबों में एक और सवाब की वृद्धि के लिए उसे अपने यहां रख लिया है या फिर वह सौदागरों ही के पास है और वैसे ही इधर आ निकली है और जैसा कि उसका स्वभाव है टाइमपीस में चाबी भर गई है और तिपाई पर बेकार पड़ा शीशे का गिलास उठा ले गई है, लेकिन रात की वह घटना? ...उसने राजो के चेहरे पर उस घटना के बुझे हुए चिह्न देखने की कोशिश की थी, लेकिन वह तो कोरी सलेट की तरह साफ था।

सईद का दिल एकदम एक अवर्णनीय-से घृणाभाव से भर गया। उसे राजो से घृणा थी। अपने स्मृति-पट पर जब भी वह राजो का चित्र बनाता था, हमेशा उन मैले रंगों से बनाता था, जो राजो ही के जीवन में बिखरे पड़े थे और उसकी कोमल भावनाओं को हमेशा ठेस पहुंचती थी, जब वह राजो के पल्लू में चार मर्दों को बंधा देखता था। इससे पहले भी वह कई बार इस निर्णय पर पहुंचा था कि उसे राजो से घृणा है। आज भी वह इसी निर्णय पर पहुंचा कि उसे राजो से घृणा है, लेकिन यह बात हमेशा की तरह आज भी उसे सता रही थी कि राजो को अपने-आप से घृणा क्यों नहीं? वह क्यों अपने-आप में बहुत प्रसन्न है?

इस लड़की के बारे में सईद इतना अधिक सोच चुका था कि अब बिलकुल नहीं सोचना चाहता था। आखिर उसमें ऐसी कौन-सी अनोखी बात है, जिस पर सोचा जाए? वह तो बड़ी घटिया दर्जे की औरत है।

सईद उठ खड़ा हुआ और कुछ इस प्रकार उसने राजो को अपने मस्तिष्क से झटका जैसे किसी घोड़े ने एक ही झुरझुरी लेकर अपने शरीर पर बैठी तमाम मक्खियां उड़ा दी हों।

सूरज की किरने खिड़कियों की दरारों में से फंसकर कमरे में उजाला भर रही थीं। खिड़कियां खोलने की जरूरत उसने महसूस नहीं की और तिपाई के पास पड़ी आरामकुर्सी पर बैठ गया।

पीठ टिकाते ही लगा था कि राजो ने कमरे में प्रवेश किया है। बिना कुछ कहे एक-एक करके उसने सब खिड़कियां खोल दी और फिर इधर-उधर झाड़-पोंछ करने लगी। सईद बड़े ध्यान से उसकी ओर देख रहा था। राजो के मोटे-भद्दे हाथों में नजाकत नाम की कोई चीज नहीं थी। शीशे के फूल-

दान को भी उसने उसी प्रकार साफ किया, जिस प्रकार लोहे के कलमदान को। झाड़न से उसने तस्वीरों की गर्द पोंछी, आतिशदान पर रखी सारी चीजें झाड़ीं, लेकिन कोई भी आवाज पैदा किए बिना। वह चलती थी, तो भी उसके कदमों की चाप सुनाई नहीं देती थी और जब बातें करती थी तो ऐसा मालूम होता था, हर बोल रुई के नर्म-नर्म गालों में लिपटा हुआ है। कान के पर्दों के साथ उसकी आवाज टकराती नहीं, छू-सी जाती थी। उसकी हर हरकत, हर आवाज ने जैसे रबर-सोल के जूते पहन रखे थे। सईद उसे देखता रहा। नहीं, उसे सुनने की कोशिश करता रहा।

राजो ने गहरे हरे रंग का स्वेटर पहन रखा था, जो कुहनियों पर से फट गया था। यह स्वेटर शायद सौदागर के सबसे बड़े लड़के ने उसे दिया था। उसके नीचे गर्म कपड़े का कुर्ता था, जिस पर जगह-जगह मैल के गोल-गोल धब्बे थे। खादी की शलवार अधिक प्रयोग के कारण अपना शलवार का रूप खो चुकी थी। ऐसा लगता था, उसने अपनी टांगों पर गहरे रंग की चादर-सी लपेट रखी थी। बड़े ध्यान से देखने पर ही उस शलवार के पांयचे नजर आते थे, जो इतने खुले थे कि पर बिलकुल गायब हो गए थे।

सईद उसके पांयचों की ओर देख रहा था कि राजो मुड़ी और यह कहकर फिर अपने काम में व्यस्त हो गई कि "आपकी चाय तैयार है। बीबी जी आपकी राह देख रही हैं।"

सईद का जी नहीं चाहता था कि उससे बात करे, लेकिन न जाने क्यों उसने पूछ ही लिया, "चाय बनाने के लिए उनसे किसने कहा था?"

राजो ने पलटकर उसकी ओर आश्चर्य से देखा, "आपने—अभी-अभी तो आपने कहा था कि चाय तैयार की जाए।"

सईद कुर्सी पर से उठ खड़ा हुआ। बिना किसी झिझक के उसने कभी ऐसा नहीं कहा था, "सुबह की चाय साढ़े बारह बजे कौन पीता है? अब नाश्ता करूंगा, तो रोपहर का खाना रात को ही खाऊंगा और रात का खाना..."

राजो हंस पड़ी, "रात का खाना सुबह को।"

सईद तुरन्त गम्भीर हो गया, "इसमें हंसने की क्या बात है? जाओ,

बीबी जी से कह दो, मैं चाय नहीं पीऊंगा, खाना खाऊंगा।...खाना तैयार है?"

राजो अपने चेहरे पर उभरे हंसी के चिह्न कोशिश करने पर भी दूर न कर सकी। उसकी गंभीरता उस रंग जैसी थी, जो ठंडे पानी में घोलकर ऊनी कपड़े पर चढ़ाया जाए और न चढ़े। उसने धीरे से उत्तर दिया, "जी हां, तैयार है। मैं अभी बीबी जी से कह देती हूं कि आप नाश्ता नहीं करेंगे, खाना खाएंगे।" और यह कहकर वह तेजी से दरवाजे की ओर बढ़ी।

"देखो", सईद ने उसे रोका, "बीबी जी से कहना, मैं नाश्ता नहीं करूंगा, खाना खाऊंगा। मैं रात-भर जागता रहा हूं। समझ में नहीं आता, मेरी नींद को क्या हो गया है? गली में शोर हो तो मुझे बिलकुल नींद नहीं आती। रात न जाने बाहर क्या गड़बड़ हो रही थी। हां, तो मैं नाश्ता नहीं करूंगा, चाय की एक प्याली ही पी लूंगा और उसके बाद खाना खाऊंगा, यानी हर रोज की तरह ठीक वक्त पर बीबी जी कहां हैं? बावर्चीखाने में हैं या ऊपर धूप ताप रही हैं? लेकिन ठहरो, मैं खुद मालूम कर लूंगा...लेकिन तुम, तुम यहां क्या कर रही हो? मेरा मतलब है, मेरे कमरे की सफाई के लिए तुमसे किसने कहा था? यानी तुम यहां कैसे आ गयीं? तुम तो सौदागरों के यहां थीं।"

सईद एक ही सांस में ये सब बातें कह गया और चोर-नजरों से उसके चेहरे की तरफ देखता रहा। उस चेहरे पर लाली की एक हलकी-सी झलक नजर आई थी, जब उसने बाहर गली में गड़बड़ की तरफ इशारा किया था, लेकिन उसके बाद वह उसके चेहरे पर कोई परिवर्तन न देख सका। हां, हंसी ने उसके चेहरे पर जो फैलाव-सा पैदा कर दिया था, उसके बचे-खुचे चिह्न अब भी नजर आ रहे थे।

राजो ने कोई उत्तर नहीं दिया और कमरे से बाहर चली गई, जैसे उससे कुछ पूछा ही नहीं गया हो। इस पर सईद को बहुत क्रोध आया। इसमें सन्देह नहीं कि मैंने कुछ पूछने के लिए उससे बातें नहीं कीं, यूं ही अनिच्छा से कहता चला गया हूं, लेकिन मैं चाहता था कि वह घबराती। रात की वह घटना उसके चेहरे के रोम-रोम से फूट निकलती, लेकिन यह औरत है या...या यह क्या है?

सईद उसके बारे में कुछ भी नहीं सोचना चाहता था, लेकिन कोई-न-कोई ऐसी बात हो ही जाती थी कि वह सोचने पर विवश हो जाता था। यह औरत उसके जीवन में ख्वाह-मख्वाह प्रवेश करती जा रही थी। यह प्रवेश सईद को पसन्द नहीं था, अतएव उसने फैसला कर लिया कि वह उसे अपने मकान में नहीं रहने देगा।

जब वह अपनी मां से बावर्चीखाने में मिला, तो अपने फैसले के बावजूद वह राजो के बारे में कुछ न कह सका। उसकी मां ने, जो सईद को उन्माद की सीमा तक प्यार करती थी, चाय की प्याली बनाकर कहा, "बेटा, रात तेरे दुश्मनों को नींद क्यों नहीं आई? मुझसे राजो ने अभी कहा है कि रात गली में कुछ गड़बड़ थी, इसलिए नहीं सो सके। मैंने तो कुछ भी नहीं सुना। मैं कहती हूं कि अगर तू इधर मेरे कमरे में सो जाया करे, तो क्या हर्ज है? मुझे कई-कई बार रात में उधर तेरी तरफ आकर देखना पड़ता है। मेरे पास सोएगा, तो मेरी यह बेचैनी तो दूर हो जाएगी। अच्छा बाबा, मैं कुछ नहीं कहती, जहां चाहे सोओ। अल्लाह तेरा निगेहबान है। ले चाय पी। मैं तुझसे कुछ नहीं कहती।…"

सईद असल में राजो के बारे में कुछ कहने वाला था कि उसकी मां ने समझा, हर रोज की तरह वह यह कहना चाहता है कि बीबी जी, आप तो बिला वजह परेशान होती रहती हैं। मैं अकेले ही सोने का आदी हूं। जो हो, सईद मां की ये बातें सुनकर चुप हो रहा और राजो भी चुपचाप चूल्हे के पास बैठी रही।

चार

सईद के घर में राजो को नौकरी करते एक महीना हो गया, लेकिन इरादे के बावजूद वह एक बार भी अपनी मां से उसे निकालने को न कह सका। अब फरवरी का आरम्भ था। सर्दी धीरे-धीरे गर्मियों में घुलती जा रही थी। दिन बड़े सुहाने थे। रातें भी बड़ी सुहानी थीं। सुबह सैर के लिए निकलता, तो देर तक हलकी-फुलकी शीतल हवा पीता रहता। उन दिनों उसे हर चीज बड़ी सुन्दर नजर आती थी।

···और उन्हीं दिनों का जिक्र है कि एक दिन जब वह कम्पनी बाग की सैर के बाद घर लौटा, तो उसे अपना बदन कुछ टूटता हुआ महसूस हुआ। बिस्तर पर लेटते ही बुखार हो गया और इसके साथ ही इस जोर का जुकाम हुआ कि नाक सुन्न होकर रह गई। दूसरे दिन खांसी आने लगी, तीसरे दिन छाती में दर्द उठा और फिर बुखार एक सौ पांच डिग्री पर जा पहुंचा। उसकी मां ने पहले दिन ही डाक्टर को बुलवाया था, लेकिन उसकी दवा से कुछ भी लाभ न हो सका।

यह विचित्र बात थी कि सईद को जब कभी तीव्र बुखार होता था, तो उसका मस्तिष्क भी असाधारण रूप से तेज हो जाता था। ऐसी-ऐसी बातें मस्तिष्क में आतीं, जिन्हें आम हालत में वह किसी तह पर नहीं सोच सकता था। बुखार की हालत में वह संसार-भर की समस्याओं पर विचार करता। एक नये प्रकाश में, एक नये अनोखे कोण से वह दुनिया की निकम्मी से निकम्मी चीज पर गौर करता। चींटियों को उठाकर आकाश

के तारों पर चिपका देता और आकाश के तारे तोड़कर धरती पर बिखेर देता।

बुखार एक सौ पांच डिग्री से कुछ ऊपर हुआ, तो सईद का मस्तिष्क इतिहास के पन्ने पलटने लगा। सैकड़ों प्रसिद्ध घटनाएं ऊपर-तले उसके खट-खट करते मस्तिष्क में से गुजर गयीं। बुखार कुछ और बढ़ा तो पानीपत की लड़ाइयां, ताजमहल की मरमरी इमारत में गडमड हो गयीं और फिर कुतुबमीनार के कटे हए बाजू में बदल गयीं और फिर धीरे-धीरे चारों ओर धुन्ध ही धुन्ध फैल गई···

फिर एकदम जोरों का धमाका हुआ और उस धुन्ध में से वायु-वेग से चलने वाले घोड़े पर सवार महमूद गजनवी अपनी सेना-समेत बाहर निकला। महमूद गजनवी का घोड़ा सोमनाथ के जगमगाते मन्दिर के सुनहरे द्वार के सामने रुका। महमूद गजनवी ने पहले लूटे हुए सोने-चांदी के ढेर की तरफ देखा। उसकी आंखें चमचमा उठीं, फिर उसने सोने की मूर्ति की तरफ देखा और उसका दिल धड़कने लगा···राजो···महमूद गजनवी ने सोचा··· यह कमबख्त राजो कहां से आ गई? उसकी सल्तनत में इस नाम की औरत कौन थी? क्या वह उसे जानता है? क्या वह उससे प्रेम करता है? प्रेम का ख्याल आते ही महमूद गजनवी ने जोर का कहकहा लगाया। महमूद गजनवी और प्रेम! महमूद गजनवी को तो अपने गुलाम अयाज से प्रेम है और अयाज राजो कैसे हो सकता है?

महमूद गजनवी ने उस सोने की मूर्ति पर ताबड़-तोड़ चोटें लगानी शुरू कर दीं। गुर्ज (गदा) जब पेट पर लगा, तो वह फट गया और उसमें से शहाबुद्दीन की खीर और फालूदा निकलने लगा। महमूद गजनवी ने जब यह देखा, तो गुर्ज उठाकर अपने ही सिर पर दे मारा।

सईद का सिर फट रहा था। महमूद गजनवी के सिर पर जो गुर्ज पड़ा था, उसका धमाका उसके सिर पर गूंज रहा था। जब उसने करवट बदली, तो माथे पर कोई ठण्डी-ठण्डी चीज रेंगती महसूस हुई और सोमनाथ और सोने की मूर्ति उसके मस्तिष्क से निकल गई। धीरे-धीरे उसने अपनी जलती हुई आंखें खोलीं। राजो फर्श पर बैठी कपड़ा भिगो-भिगोकर उसके माथे पर रख रही थी।

जब राजो ने माथे पर से कपड़ा उतारने के लिए हाथ बढ़ाया, तो सईद ने वह हाथ पकड़ लिया और अपनी छाती पर रखकर बड़े प्यार से उस पर अपना हाथ फेरना शुरू कर दिया। उसकी लाल-लाल आंखें अंगारों की सूरत में दूर तक राजो की ओर देखती रहीं। राजो उस टकटकी को सहन न कर पाई और हाथ छुड़ाकर फिर अपने काम में व्यस्त हो गई।

अब वह उठकर बिस्तर पर बैठ गया और कहने लगा, "राजो! राजो! इधर मेरी तरफ देखो, मैं महमूद गजनवी···" उसका दिमाग बहकने ही लगा था कि उसने पूरी शक्ति से महमूद गजनवी को झटक दिया, "इधर मेरी तरफ देखो! जानती हो, मैं तुमसे प्रेम करता हूं। बहुत बुरी तरह प्रेम करता हूं। तुम्हारे प्रेम में इस तरह फंस गया हूं, जैसे कोई दलदल में फंस जाता है। मैं जानता हूं, तुम प्रेम के काबिल नहीं हो, लेकिन यह जानते हुए भी मैं तुमसे प्रेम करता हूं। लानत है मुझ पर! लेकिन इन बातों को छोड़ो। इधर मेरी तरफ देखो! खुदा के लिए मुझे तकलीफ न पहुंचाओ। मैं बुखार में इतना नहीं फेंक रहा, जितना···जितना राजो···राजो···मैं··· मैं···" उसकी विचारधारा टूट गई और उसने डाक्टर मुकन्दलाल भाटिया से कोनीन की हानियों पर बहस शुरू कर दी, "डाक्टर भाटिया! मैं आपको कैसे समझाऊं, यह कोनीन बहुत नुकसानदेह चीज है। मैं मानता हूं कि कुछ समय के लिए मलेरिया के कीटाणु नष्ट कर देती है, लेकिन इससे पूरी तरह रोग नहीं मिटता। इसके अलावा इसकी तासीर बड़ी खुश्क और गर्म है। मेरे कान बन्द हो गए हैं, मेरा दिमाग बन्द हो गया है और ऐसा मालूम होता है, मेरे दिमाग में और मेरे कानों में स्याहीचूस कागज ठूंस दिया गया है। अब मैं कभी कोनीन का टीका नहीं लगवाऊंगा...और गजनवी बुत शिकन···राजो! तुम सोमनाथ नहीं जाओगी···मेरे माथे पर हाथ रखो···उफ···उफ···यह क्या बेहूदगी है···मैं···मैं···मेरे दिमाग में सैकड़ों ख्यालात आ रहे हैं। बीबी जी, आप हैरान क्यों होती हैं? मुझे राजो से प्रेम है। हां-हां, उसी राजो से, जो सौदागरों के यहां नौकर थी और जो अब आपके पास नौकर है। आप नहीं जानतीं कि इस औरत ने मुझे कितना जलील बना दिया है! इसीलिए न कि मैं इसके प्रेम में फंस

गया हूं। यह प्रेम नहीं खसरा है···सच कहता हूं खसरे से भी ज्यादा है। इसका कोई इलाज नहीं।···मुझे सारी जिल्लतें सहनी होंगी। सारी गली का कूड़ा अपने सिर पर उठाना होगा। गन्दी मोरी में हाथ डालने होंगे। यह सब कुछ होकर रहेगा···।" धीरे-धीरे सईद की आवाज धीमी पड़ती चली गई और उस पर तन्द्रा छा गई। उसकी आंखें अधखुली थीं, लेकिन ऐसा मालूम होता था, पलकों पर बोझ-सा आ पड़ा है। राजो पलंग के पास बैठी उसका निरर्थक, अनर्गल प्रलाप सुनती रही, लेकिन उस पर कुछ प्रभाव न हुआ। शायद ऐसे बीमारों की वह कई बार तीमारदारी कर चुकी थी।

बुखार की हालत में जब सईद ने अपने प्रेम की घोषणा की, तो राजो ने क्या महसूस किया, इस बारे में कुछ नहीं कहा जा सकता। हो सकता है कि उसके दिल के किसी कोने-खुदरे में सरसराहट पैदा हुई हो, लेकिन चेहरे की चर्बी की तहों से निकलकर वह सरसराहट बाहर न आ सकी।

उसने कपड़ा निचोड़कर ताजे पानी में भिगोया और उसके माथे पर रखने के लिए उठी। अबकी बार उसे इसलिए उठना पड़ा, क्योंकि सईद ने करवट बदल ली थी। जब उसने धीरे से सईद का सिर इधर मोड़कर उसके माथे पर गीला कपड़ा जमाया, तो उसकी अधखुली आंखें इस तरह पूरी की पूरी खुल गयीं, जैसे लाल-लाल जख्मों के मुंह टांके उधड़ जाने से खुल जाते हैं। क्षण-भर के लिए उसने राजो के झुके हुए सिर की ओर देखा, जिस पर गाल कुछ नीचे को लगट आए थे, फिर सहसा उसे अपनी दोनों बांहों में जकड़कर सईद ने इस जोर से भींचा कि उसकी रीढ़ की हड्डी कड़कड़ा उठी। उठकर उसने राजो को लिटा लिया और उसके होंठों पर इस जोर से अपने होंठ चिपका दिए, जैसे वह गर्म-गर्म लोहे से उन्हें दागना चाहता हो।

सईद की जकड़ इतनी जबरदस्त थी कि कोशिश करने पर भी राजो अपने-आप को न छुड़ा सकी। उसके होंठ देर तक उसके होंठों पर इस्तरी करते रहे, फिर हांफते हुए एक झटके के साथ उसने राजो को अलग कर दिया और यूं उठकर बैठ गया, जैसे उसने कोई भयानक सपना देखा हो। राजो एक ओर सिमट गई। वह सहम गई थी। उसके होंठों पर अभी तक

जैसे सईद के पपड़ी जमे होंठ फिसल रहे थे।

राजो ने उसकी ओर कनखियों से देखा, तो वह उस पर बरस पड़ा, "तुम यहां क्या कर रही हो? जाओ, जाओ!" और यह कहते हुए सईद ने इस तरह दोनों हाथों में अपना सिर थाम लिया, मानो अभी अकड़कर गिर पड़ेगा। उसके बाद वह लेट गया और धीरे-धीरे बड़बड़ाने लगा, "राजो, मुझे माफ कर दो। मुझे माफ कर दो, राजो,...मुझे कुछ मालूम नहीं, मैं क्या कह रहा हूं और क्या कर रहा हूं? बस, एक बात अच्छी तरह से जानता हूं कि मुझे तुमसे दीवानगी की हद तक प्रेम है...ओह, मेरे अल्लाह! हां, मुझे तुमसे प्रेम है। इसलिए नहीं कि तुम प्रेम करने के काबिल हो। इसलिए नहीं कि तुम भी मुझसे प्रेम करती हो, फिर किस-लिए...काश, मैं इसका जवाब दे सकता! मैं तुमसे प्रेम करता हूं, इसलिए कि तुम नफरत के काबिल हो। तुम औरत नहीं, एक पूरा मकान हो। एक बहुत बड़ी बिल्डिंग हो, लेकिन मुझे तुम्हारे सब कमरों से प्रेम है। इसलिए कि वे गन्दे हैं, टूटे हुए हैं।...मुझे तुमसे प्रेम है। क्या यह अजीब बात नहीं?" यह कहकर सईद ने हंसना शुरू कर दिया।

राजो चुप थी। उस पर अभी तक सईद की जकड़ और उसके भयानक चुम्बनों का असर था। वह उठकर बाहर जाने का विचार कर ही रही थी कि सईद ने फिर अनर्गल प्रलाप शुरू कर दिया। राजो ने उसकी ओर धड़कते दिल से देखा, उसकी आंखें कुछ-कुछ मुंद गई थीं और वह किसी अदृश्य व्यक्ति से बातें कर रहा था, "तुम जालिम हो। इन्सान नहीं, हैवान हो। मान लिया कि वह भी तुम्हारी तरह हैवान है, फिर भी वह एक औरत है और औरत अगर टूटकर टुकड़े-टुकड़े भी हो जाए, तो भी औरत ही रहती है, लेकिन तुम ये बातें कभी नहीं समझोगे। भैंस और औरत में तुम कोई फर्क नहीं समझते, लेकिन खुदा के लिए जाओ उसे अन्दर ले आओ। बाहर सर्दी में उसका सारा खून जम गया होगा। मैं पूछता हूं, आखिर उसके साथ तुम्हारी लड़ाई किस बात पर हुई?...बिजली के खम्बे के नीचे वह सिर्फ तुम्हारी बनियान पहने खड़ी है और तुम...तुम...लानत हो तुम पर...तुम समझते क्यों नहीं, राजो औरत है...पशमीने का थान नहीं, जिसे तुम चर्ख पर चढ़ाते रहो..."

पहली बार राजो को पता चला कि उस रात की घटना बीबी जी का लड़का देख चुका है। इस ख्याल से वह सिर से पांव तक कांप उठी। लोग उसके और चार सौदागर भाइयों के बारे में तरह-तरह की बातें किया करते थे, यह वह जानती थी, लेकिन वह यह भी जानती थी कि आज तक किसीने आंखों से कुछ नहीं देखा था, लेकिन अब यहां उसके सामने बिस्तर पर वह आदमी लेटा था, जो सब कुछ देख और सुन चुका था। इस आदमी के बारे में उसने आज तक गौर नहीं किया था। वह केवल इतना जानती थी कि मियां गुलाम रसूल मरहूम (स्वर्गवासी) का यह लड़का किसी से भी अधिक बातें नहीं करता और सारा दिन बैठक में बैठा मोटी-मोटी किताबें पढ़ता रहता है। गली के अन्य लड़कों के बारे में वह तरह-तरह की बातें सुनती थी, लेकिन इसके बारे में उसने यही सुना था कि बड़ा बदमिजाज है और इसे अपने बाप से भी अधिक अपने को खानदानी होने का घमंड है। इसके सिवा वह और कुछ नहीं जानती थी, लेकिन आज उसे मालूम हुआ कि वह उसके बारे में सब कुछ जानता है और···और उससे प्रेम भी करता हैं।

उसकी प्रेम की घोषणा राजो के लिए बिलकुल कष्टदायक नहीं थी, उसे कष्ट हो रहा था, तो केवल इस विचार से कि उस रात जब वह गुस्से से पागल हो रही थी, उसने सब कुछ देख लिया। कितनी लज्जा की बात थी यह! अतः उसके मन में विचार आया कि किसी तरह बीबी जी का लड़का वह घटना भूल जाए। थोड़ी देर तक उसने अपने दिमाग पर जोर दिया और आखिर कुछ सोचकर उसने कहना शुरू किया, "खुदा कसम, अल्लाह कसम, पीर दस्तगीर की कसम, यह सब झूठ है। मैं मसजिद में कुरान उठाने के लिए तैयार हूं। जो कुछ आप समझते हैं, बिलकुल गलत है। मैंने अपनी मर्जी से सौदागरों की नौकरी छोड़ी है। वहां काम बहुत ज्यादा था और उस रोज रात को भी इसी बात का झगड़ा था। मैं दिन-रात कैसे काम कर सकती हैं? चार नौकरों का काम मुझ अकेली जान से कैसे हो सकता है, मियां जी?"

सईद बुखार में बेहोश पड़ा था। राजो जब अपने विचार के अनुसार

तमाम जरूरी बातें कह चुकी, तो उसके दिल का बोझ हलका हो गया, लेकिन सईद ने जब कोई उत्तर न दिया, तो उसने सोचा, शायद कसमों की कमी रह गई है। उसने फिर से कहना शुरू किया, "मियां जी, पाक परवरदिगार की कसम। मरते वक्त मुझे कलमा नसीब न हो अगर मैं झूठ बोलूं। यह सब झूठ है। मैं कोई ऐसी-वैसी थोड़ी हूं। मुझसे ज्यादा काम नहीं हो सकता, इसीलिए मैंने उनकी नौकरी छोड़ दी। अब इतनी-सी बात का बतंगड़ बन जाए, तो इसमें मेरा क्या कुसूर है?"

यह कहने के बाद मानो उसने अपना कर्तव्य पूरा कर दिया और कमरे से बाहर जाने ही लगी थी कि सईद ने आंखें खोल दीं और पानी मांगा। राजो ने बड़ी फुर्ती से पानी का गिलास उसके हाथ में दे दिया और पास ही खड़ी रही, ताकि वापस लेकर उसे तिपाई पर रख दे।

सईद एक ही घूंट में गिलास का सारा पानी पी गया। खाली गिलास राजो के हाथ में देते हुए उसने एक नजर उसकी ओर देखा। कुछ कहना चाहा, लेकिन खामोश हो गया और तकिये पर सिर रखकर लेट गया।

अब वह होश में था। कुछ देर के बाद बड़ी गम्भीरता से उसने पुकारा, "राजो!"

"जी।" राजो ने दबे स्वर में उत्तर दिया।

"बीबी जी को यहां भेज दो।"

यह सुनकर राजो समझी कि वह उस रात की सारी घटना बीबी जी को बताना चाहता है। अतएव उसने फिर कसमें खाना शुरू कीं, "मियां जी! कुरानमजीद की कसम, अल्लाहपाक की कसम और कोई बात नहीं थी। मेरा उनसे सिर्फ इसी बात पर झगड़ा हुआ था कि मैं दौलत से खरीदी लौंडी नहीं हूं कि दिन-रात काम करती रहूं। आपने मेरी जबान से इसके सिवा और क्या सुना था?"

बिस्तर पर सईद ने बड़ी मुश्किल से करवट बदलीं। ठण्डे पानी ने उसके पूरे शरीर में कंपकंपी-सी दौड़ा दी थी। राजो की ओर हैरानी से देखकर उसने पूछा, "क्या कह रही हो तुम?" फिर तुरन्त ही उसे ख्याल

आया कि बेसुधी में वह उससे अनगिनत बातें कह चुका है और अपना प्रेम भी प्रकट कर चुका है, तो उसे अपने-आप पर बहुत क्रोध आया। मलेरिया के कारण उसके मुंह का स्वाद बहुत बिगड़ चुका था, अब इस गलती के एहसास ने उसके मुंह में और भी कसैलापन पैदा कर दिया। अपने-आप से उसे घृणा-सी होने लगी।

'मुझे राजो से ऐसी बातें नहीं करनी चाहिए थीं और अपना प्रेम तो किसी हालत में भी प्रकट नहीं करना चाहिए था। इसलिए कि वह इसके योग्य ही नहीं। मैंने राजो को अपने मन का भेद नहीं बताया, बल्कि अपने पूरे अस्तित्व को गंदी नाली में फेंक दिया।'

राजो से वह जो कुछ कह चुका था, उसका एक-एक शब्द तो उसे याद नहीं था, लेकिन इतना वह सोच सकता था कि उसने क्या कहा होगा। इससे पहले मन ही मन वह कई बार राजो से बातें कर चुका था और हर बार लज्जित भी हो चुका था, लेकिन आज तो वह सचमुच उससे सम्बोधित हुआ था और उस पर अपना प्रेम भी प्रकट कर दिया था। दूसरे शब्दों में, वह उसे वह भेद बता चुका था, जिससे वह स्वयं को भी अनभिज्ञ रखना चाहता था। यह सईद के जीवन की सबसे बड़ी दुर्घटना थी।

राजो उसके सामने खड़ी थी और मलेरिया अपने बर्फीले हाथ सईद के पूरे शरीर पर फेर रहा था। एक अत्यन्त अप्रिय कंपकंपी उसके रोम-रोम में कनखजूरे की तरह रेंग रही थी और उसके मन में ऐसी कटुता उत्पन्न हो रही थी, जो इससे पहले उसने कभी महसूस नहीं की थी। उसकी इच्छा हो रही थी कि एकदम उसे इतना बुखार चढ़े कि वह मूर्च्छित हो जाए, ताकि जो कुछ हुआ है, कुछ समय के लिए उसका अनुभव उसे न हो।

बड़ी कठिनाई से उसने, स्वयं को राजो से यह कहने पर तैयार किया, "जाओ, बीबी जी को यहां भेज दो। मैं यहां मर रहा हूं। कुछ मेरा भी तो ख्याल करें।"

इस पर राजो ने धीमे से कहा, "आप ही के लिए सौ नफिल[1] पढ़ रही हैं। मैं जाकर देखती हूं कि खत्म हुए हैं या नहीं।"

"जाओ,...खुदा के लिए जाओ!" यह कहकर सईद ने रजाई अपने मुंह पर ओढ़ ली और सर्दी के वे गसे, जो मलेरिया के नये आक्रमण का लक्षण था, जोर-जोर से कांपना शुरू कर दिया।

राजो कमरे से बाहर चली गई।

1. नमाज में पढ़ी जाने वाली दुआएं

पांच

सख्त सर्दी और असावधानी के कारण सईद को निमोनिया हो गया। हालत बड़ी नाजुक हो गई। मां बेचारी कर ही क्या सकती थी? दिन-रात बेटे के पास बैठी दुआएं मांगती रहती। राजो ने भी तीमारदारी में कोई कसर न उठा रखी, लेकिन आराम की बजाय रोगी को उसकी सेवा में मानसिक कष्ट होता।

सईद के दिल में कई बार यह बात आई कि वह मां को स्पष्ट शब्दों में कह दे कि उसे राजो की उपस्थिति पसंद नहीं, लेकिन कोशिश के बावजूद वह ऐसा न कह सका। अतएव उस कष्ट में, जोकि वह भोग रहा था, इस पराजय के कारण और भी वृद्धि हो गई।

डाक्टर मुकंदलाल भाटिया ने यह सलाह दी थी कि उसे अस्पताल में दाखिल कर दिया जाए, तो ठीक हो जाएगा। वहां तीमारदारी भी ठीक ढंग से हो सकेगी और दवा वगैरह भी समय पर दी जाएगी। इसके अलावा वहां अच्छे डाक्टर भी मिल जाएंगे, लेकिन उसकी मां इसके लिए राजी न होती थी। अस्पताल से उसे बड़ी घृणा थी, लेकिन जब उसके चहेते बेटे ने स्वयं अस्पताल में दाखिल होने का आग्रह किया, तो दिल पर पत्थर रखकर वह चुप हो गई। उसने अपने बेटे की आज तक कोई बात न टाली थी। अतः निमोनिया होने के दूसरे ही दिन डाक्टर मुकंदलाल भाटिया उसे सिविल अस्पताल में ले गया और वहां स्पेशल वार्ड में दाखिल करा दिया।

अस्पताल में सईद कुछ ही दिनों में चंगा हो गया। निमोनिया का हमला बड़ा सख्त था, लेकिन वह बच गया और फिर धीरे-धीरे बुखार भी उतर गया। अस्पताल के कमरे में, जिसकी हर चीज सफेद थी, उसे मानसिक सन्तोष प्राप्त हुआ। राजो चूंकि वहां नहीं थी, इसलिए उसके मन पर जो बोझ-सा आ पड़ा था, बहुत हद तक हलका हो गया और उसने मन ही मन निश्चय कर लिया कि अब वह घर में नहीं रहेगा। वह उस औरत को सहन नहीं कर सकता। उसे देखते ही उसके मन-मस्तिष्क में विचित्र प्रकार की हलचल मच उठती थी। इसमें संदेह नहीं कि वह उसके प्रेम में बुरी तरह जकड़ चुका था, लेकिन जैसे-तैसे वह उस प्रेम को बिलकुल दबा देना चाहता था।

प्रत्यक्ष है कि यह काम बहुत कठिन था, लेकिन इसमें सफलता पाने के लिए वह पूरा-पूरा प्रयत्न कर रहा था ; और इस बीच में धीरे-धीरे उसने स्वयं को इस बात का विश्वास भी दिला दिया था कि राजो को भूलकर वह एक ऐसा चमत्कार कर दिखाएगा, जो आज तक कोई नहीं कर सका।

अस्पताल में दाखिल होने के आठवें दिन कमजोरी के बावजूद सईद अपने-आप को तरो-ताजा महसूस कर रहा था। सुबह जब सफेद पोश नर्स ने उसका टेम्परेचर लिया, तो उसने मुस्कराकर कहा, "नर्स, मैं तुम्हारा बहुत ही शुक्रगुजार हूं। तुमने मेरी बहुत खिदभत की है। काश, इसका बदला मैं तुमसे प्रेम करके चुका सकता!" ऐंग्लो इंडियन नर्स के होंठों पर एक हल्की-सी मुस्कराहट फैल गई। आंखों की पुतलियां नचाकर उसने कहा, "तो क्यों नहीं करते' ' 'करो।"

उसने बगल से थर्मामीटर निकालकर नर्स को दिया और उत्तर में बोला, "मैं अपने दिल के किवाड़ हमेशा के लिए बंद कर चुका हूं। तुमने उस वक्त दस्तक दी है, जब मकान मालिक हमेशा के लिए कोठरी में सो गया है। मुझे इसका अफसोस है। तुम इस काबिल हो कि तुमसे आयडोफॉर्म की तेज बू समेत प्रेम किया जाए, लेकिन इट इज टू लेट, माई डिगर।"

नर्स हंस पड़ी और ऐसा मालूम हुआ कि हार का धागा टूटने से मोती इधर-उधर बिखर गए हैं। उसके दांत बहुत सफेद और चमकीले थे। सईद नर्सों की दुर्बलताएं जानता था अतएव चटखारा लेकर बोला, "नर्स! अभी

तुम पूरी तगह जवान कहां हुई हो? जवानी आने दो, एक छोड़ दर्जन-भर प्रेमी तुम्हारे इर्द-गिर्द चक्कर लगाना शुरू कर देंगे, लेकिन उस वक्त मुझे जरूर याद कर लेना, जिसने अस्पताल के इस कमरे में एक बार तुम्हारी पिंडलियों की तारीफ की थी और कहा था, अगर चार होती तो मैं अपने पलंग पर पायों की जगह लगवा लेता।"

नर्स ने तख्ती पर टेम्प्रेचर नोट किया और 'यू नॉटी ब्वाय' कहकर अपनी पिंडलियों की ओर प्रशंसा-भरी नजरों से देखती हुई बाहर चली गई।

सईद बहुत खुश था, या यों समझिए कि वह अपने-आप को खुश करने की कोशिश कर रहा था। वास्तव में वह किसी न किसी हीले से राजो को भूल जानत चाहता था। कई बार उसे उन बातों का विचार आता जो उसने बुखार की हालत में उससे कही थीं, लेकिन तुरन्त ही अन्य विचारों के नीचे उसे दबा देता।

अस्पताल में अभी उसे चार दिन और रहना था। इसमें कोई सन्देह नहीं था कि निमोनिया और मलेरिया ने उसकी बहुत-सी ताकत लूट ली थी, लेकिन उसे अपनी कमजोरी का बिल्कुल एहसास नहीं था, बल्कि उलटा वह खुश था। अब उसे ऐसा महसूस होता था कि बहुत-सा अनावश्यक बोझ उस पर से उतर गया है। विचारों में अब वह पहले जैसा खिंचाव और खिन्नता नहीं थी। मलेरिया और निमोनिया ने जैसे फिल्टर का काम किया था। वह महसूस करता था कि अब उसमें वह भारीपन नहीं रहा जो पहले उसे तंग करता रहा है। बुखार ने उसकी नोकीली भावनाओं को घिस दिया था, इसलिए अब उसे चुभन महसूस नहीं होती थी।

मस्तिष्क बिलकुल हलका था। शेष अंग भी हलके-फुलके हो गए थे जिस तरह धोबी मैले कपडे पटक-पटककर उजला करता है, उसी तरह बुखार ने अच्छी तरह झंझोड़-निचोड़कर उसका सारा मैल निकाल दिया था।

जब नर्स अपनी पिंडलियों की ओर देखती हुई बाहर निकली, तो सईद दिल ही दिल में मुस्करा दिया था। फिर उसने सोचा, नर्स की पिंड-

लियां सचमुच सुन्दर हैं। अन्य रोगियों के लिए ऐसे चार दिन गुजारना बहुत कठिन होता, लेकिन सईद ने बड़े मजे से ये दिन काटे। शाम को उसके मित्र आ जाते थे। उनसे वह इधर-उधर की दिलचस्प बातें करता रहता। सुबह उसकी मां आती, जो अपनी ममता से उसका चित्त प्रसन्न कर जाती। दोपहर को वह सो रहता और बीच में जब कोई पास न होता, तो पत्र-पत्रिकाएं पढ़ता रहता, जिनका ढेर अब खिड़की पर जमा हो गया था।

जब उसके विदा होने का समय आया, तो डाक्टर, नर्स, खिदमतगार और अस्पताल के एक-दो अन्य कर्मचारी उसके कमरे में आ पहुंचे। दो भंगी इनाम लेने के लिए खड़े थे। बाहर फाटक पर तांगा खड़ा था, जिसमें उसका नौकर गुलाम नबी बैठा इन्तिजार कर रहा था, जैसे वह लन्दन जा रहा हो या लन्दन से वापस आ रहा हो और उसके मित्र-मुलाकाती उसे विदाई देने या उसका स्वागत करने के लिए एकत्र हों।

नर्स उसको बार-बार कह रही थी, "आपने अपनी सब चीजें याद से अटैची में रख ली हैं न?"

और वह बार-बार उसका उत्तर दे रहा था, "जी हां, रख ली हैं।"

नर्स ने फिर कहा, "वह आपकी घड़ी कहां है? देखिए गद्दे के नीचे ही न पड़ी रह जाए।"

इस पर उसे कहना पड़ा, "मैंने घड़ी उठाकर अपनी जेब में रख ली है।"

"और आपका फाउंटेन पेन?"

"वह भी मेरी जेब में है।"

"और आपकी ऐनक?"

"वह मेरी नाक पर है। आप देख सकती हैं।"

इस पर नर्स मुस्करा दी।

नर्स ने सईद की बहुत सेवा की थी। जैसे कोई नन्हे-नन्हे बच्चों का ख्याल रखता है, उसी तरह उसने सईद का ख्याल रखा था और अब जबकि वह अस्पताल से जा रहा था, वह उसे यूं विदा कर रही थी, जैसे मां बच्चे को पाठशाला भेजती है और उसके दरवाजे से बाहर निकलने तक कभी उसकी टोपी ठीक करती है और कभी उसकी कमीज के बटन

बन्द करती है। नर्स के इस व्यवहार ने उस पर बहुत प्रभाव डाला था और इसीलिए वह बड़े लगाव से उससे बातचीत कर रहा था।

जब सब कुछ ठीक-ठाक हो गया, तो सईद नर्स से बोला, "नर्स, देखना मेरी टाई की नॉट कैसी है?"

नर्स ने टाई की नॉट की ओर देखा और तुरन्त समझ गई कि उससे मजाक किया जा रहा है।

मुस्कराकर बोली, "बिलकुल ठीक है, लेकिन आप अपना आईना यहीं भूले जा रहे हैं।"

यह कहकर वह कमरे की आखिरी खिड़की की ओर बढ़ी, जिसके पास ही लोहे की जाली रखी थी। उसे खोलकर उसने आईना निकाला और सईद के अटैचीकेस में रखते हुए बोली, "क्यों जनाब, एक चीज तो आप भूल ही गए थे न?"

इसपर सईद ने कहा, "अब मुझे क्या मालूम कि आईने भी फलों और दूध की तरह जाली में रखे जाते हैं। मैंने तो उसे वहां नहीं रखा। तुमने कभी इसकी मदद से अपने होंठों पर लिपस्टिक लगाई होगी और वह भी उस वक्त जब मैं सो रहा होऊंगा।"

इस प्रकार की मनोरंजक बातों के बाद उसने डाक्टर से हाथ मिलाया। कुछ कागजों पर हस्ताक्षर किए। नर्स और दूसरे कर्मचारियों का शुक्रिया अदा किया और दान के डिब्बे में कुछ रुपये डालकर उस कमरे से बाहर निकल आया, जहां उसने पूरे पन्द्रह दिन एक रोगी की अवस्था में व्यतीत किए थे।

जब बाहर सड़क पर निकल आया, तो उसने यूं ही पलटकर अपने कमरे की ओर देखा। तीन खिड़कियां बन्द थीं, लेकिन एक खुली थी और उस खुली खिड़की में से नर्स उसी की ओर देख रही थी। नजरें मिलीं तो नर्स ने अपना नन्हा-सा सफेद रूमाल लहराया और खिड़की बन्द कर दी।

उसके मित्र अब्बास ने जब यह दृश्य देखा, तो आंख मारकर रशीद से कहा, "भई, मुझे तो दाल में कुछ काजा नजर आता है।"

छः

पन्द्रह दिन की अनुपस्थिति के बाद जब सईद घर पहुंचा, तो सबसे पहले उसे राजो नजर आई, जो दौड़ी-दौड़ी बड़े दरवाजे से बाहर निकल रही थी। उसे देखकर रुक गई और हकलाती हुई बोली, "मियां जी! आप ठीक हो गए...ठीक हो गए...मैं पाच रुपये के पैसे लेने जा रही हूं।"

यह कहकर वह चली गई और सईद ने सन्तोष की सांस ली। आगे बढ़ा, तो उसकी मां ने लपककर उसे छाती से लगा लिया और पटापट माथा चूमना शुरू कर दिया।

सईद को अपनी मां के हद से बढ़े हुए प्यार से बड़ी उलझन होती थी, लेकिन अब बीमारी के बाद उसके स्वभाव में चूंकि एक प्रकार की नर्मी पैदा हो गई थी, इसलिए मां के प्यार का जोश उसे अच्छा मालूम हुआ।

घर में प्रवेश करते ही उसे अनुभव हुआ कि उसके साथ मेहमानों का-सा व्यवहार किया जा रहा है। नये टी-सेट में उसे चाय दी गई। अन्दर कमरे में दरी पर नई चादर बिछाई गई थी। कुर्सियों पर नई गद्दियां रखी थीं। पलंग पर वह चादर बिछी थी जिस पर उसकी मां ने बड़ी मेहनत से तारकशी का काम किया था। हर चीज बड़े सलीके से रखी थी और कमरे का वातावरण कुछ ऐसा हो गया था, जो मसजिद में जुमे की नमाज पर देखने में आता है, जब बहुत-से आदमी नहा-धोकर उजले कपड़े पहने होते हैं।

चाय पीकर वह देर तक अपनी मां के पास बैठा रहा। गली की सब औरतें एक-एक करके आईं और सईद के स्वस्थ होने पर उसकी मां को बधाई देकर चली गईं। जब भिखारियों को पांच रुपये के पैसे बांटने का अवसर आया और गली में शोर मच गया, तो सईद उठकर अपनी बैठक में चला गया।

गुलाम नबी ने कमरा खूब साफ कर रखा था। सबकी-सब खिड़कियां खुली थीं। उसकी मां को मालूम था कि वह अपने ही कमरे में जाकर बैठेगा। इसलिए सिगरेटों का नया डिब्बा तिपाई पर रखा था और पास ही नई माचिस भी पड़ी थी।

कमरे में दाखिल होते ही उसने अपनी सब चीजों का जायजा लिया। हर चीज अपने स्थान पर थी, यहां तक कि वह कबूतर भी, जो बारह बजे तक उसके बाप की बड़ी तस्वीर के भारी फ्रेम पर बैठा ऊंघता रहता था।

थोड़ी देर तक वह धुली हुई दरी पर नंगे पैर टहलता रहा। इतने में उसके मित्र आने शुरू हो गए। दोपहर का खाना वहीं खाया गया, जोकि परहेजी था, लेकिन अस्पताल के खाने से कहीं अच्छा था, फिर सिगरेटों का दौर चला और देर तक गप्पबाजी होती रही। इसी बीच में अब्बास ने कहा, "अमां, अस्पताल की वह लौंडिया बुरी नहीं थी।"

इस पर रशीद ने मुस्कराकर कहा, "आपका डबल निमोनिया बिना दवा के यूं ही अच्छा नहीं हो गया। कई नर्सें बिलकुल अमृतधारा होती है।"

अब्बास को रशीद का वाक्य बहुत पसंद आया, "वल्लाह, क्या बात कही है, नर्स और अमृतधारा, मैं समझता हूं, सईद, आधी शीशी तो खत्म कर दी होगी तुमने? भई, ऐसी दवाएं बेदर्दी से इस्तेमाल नहीं किया करते।"

सईद को ये बेहूदा बातें अच्छी मालूम हुईं। इसलिए उसने भी उनमें भाग लेना शुरूकर दिया, "क्या ख्याल है तुम्हारा, अस्पताल में उस जैसी तीखी नर्स शायद ही कोई और हो? भई, अस्पताल वालों की सूझ-बूझ की दाद देनी पड़ती है कि उन्होंने मिस फरिया को मेरी देख-रेख पर

मुकर्रर कर दिया। यूं तो इस शहर में किसी औरत की पिंडलियां नजर ही नहीं आतीं और अब तो सर्दी जोरों पर है, सब पिंडलियां मोटे-मोटे गिलाफों में रहती हैं। इसलिए उसकी पिंडलियों ने बड़ा सुख पहुंचाया, लेकिन तुमने उसकी पिंडलियां नहीं देखीं।"

अब्बास बोला, "क्या मशहर मुकामात में शामिल करने के लायक हैं?"

इस पर सईद एक दम गंभीर हो गया, "भई मजाक एक तरफ, लेकिन उसने मेरी खिदमत बहुत की है। बच्चा जैसा समझकर मेरी तीमारदारी करती थी। मामूली से मामूली चीज का ख्याल रखती थी। कभी-कभी मेरा मुंह भी धुलाती थी। नाक भी पोंछती थी, जैसे मैं बिलकुल अपाहिज हूं। मैं उसका बहुत अहसानमंद हूं। मेरा ख्याल है कि उसे तोहफे में एक साड़ी भेज दूं। एक बार उसने कहा था कि उसे साड़ी पहनने का बहुत शौक है। क्यों अब्बास, तुम्हारा क्या ख्याल है?"

अब्बास ने कहा, "नेकी और पूछ-पूछ! मगर शर्त यह है कि साड़ी सफेद होगी, क्योंकि यह रंग मुझे पसंद है।"

अतः दूसरे दिन गोकुल मार्केट में अब्बास और सईद ने एक सफेद रंग की साड़ी पसंद की, जिसके किनारे-किनारे एक सफेद तिल्ले का बार्डर दौड़ रहा था। कीमत चुकाकर एक चिट पर सईद और नर्स का नाम लिखकर साड़ी पर चिपका दिया गया। जब अब्बास पैकेट लेकर अस्पताल की ओर जाने लगा तो सईद ने कहा, "अब्बास, मेरे ख्याल में अस्पताल में तोहफा देना ठीक नहीं रहेगा।"

अब्बास जाते-जाते पलटकर बोला, "मैं उसके घर जा रहा हूं, अस्पताल में तो बीमार जाते हैं।"

अब्बास चला गया और फिर शाम को उस समय वापस लौटा, जब सईद चाय-वाय पीकर और अपनी मां के पास थोड़ी देर बैठकर बैठक की ओर जा रहा था। दरवाजे पर दस्तक हुई और साथ ही 'ख्वाजा साहब की हांक लगी, तो उसने समझ लिया कि अब्बास है और कोई दिलचस्प खबर लाया है। जब दोनों आराम से बैठक में बैठ गए, तो बातें शुरू हुई।

बात अब्बास ने शुरू की, "भई, मुझे ऐसा शक होता है कि उसे तुमसे बुरी तरह प्रेम है और वह दिन-रात तुम्हारी जुदाई में आहें भरती रहती

है। रात को सो नहीं सकती। वगैरह-वगैरह। अरे भई, नहीं। तुम मजाक मत समझो, उसने खुद तो कुछ नहीं कहा, लेकिन मैंने अन्दाजा लगाया है कि वह तुम्हारे प्रेम में गिरफ्तार है। जाने तुमने उस पर क्या जादू कर दिया है।"

"पहले पूरी बात तो बताओ।"

"मैं वहां गया। उसका ठिकाना मालूम किया। वह ड्यूटी पर नहीं थी। इसलिए उसने मुझे अपने छोटे-से कमरे में बुला लिया और मेरे आने की वजह पूछी। मैंने साड़ी का पैकेट उसको दे दिया। उसे खोलकर जब उसने साड़ी देखी तो उसकी आंखें भीग गईं। कहने लगी, 'ऐसी तकलीफ क्यों की? लेकिन यह साड़ी मुझे पसन्द है। उनका 'टेस्ट' बहुत अच्छा है। सफेद कपड़े पहन-पहनकर मैं हालांकि सफेद कपड़ों से उकता गई हूं, लेकिन इसमें एक खास बात है। यह···यह बार्डर कितना प्यारा है! अगर बड़ा होता, तो सारी खूबसूरती मारी जाती। मेरी तरफ से उनका बहुत-बहुत शुक्रिया अदा कीजिएगा, लेकिन···लेकिन वे आप खुद क्यों नहीं आए?··· उन्हें खुद आना चाहिए था', यह कहते-कहते वह रुक गई और बात का रुख बदल दिया। बोली, 'आपने भी काफी तकलीफ उठाई है। मुझे आपका भी शुक्रिया अदा करना चाहिए···"

यह सुनकर सईद ने अब्बास से पूछा, "लेकिन इस बातचीत से क्या साबित होता है? कुछ भी नहीं।"

"अरे, भई, मेरे बताने से क्या साबित होगा, मैं मिस फरिया नहीं हूं। तुम वहां होते तो वही नतीजा निकालते, जो मैंने निकला है और फिर उसने यह भी तो कहा, 'उनसे कहिएगा, कभी इधर कम्पनी बाग की तरफ आएं, तो मुझसे जरूर मिलें। मेरे कमरे का नम्बर आप उनको बता दीजिएगा। ढूंढने में उन्हें तकलीफ नहीं होगी, लेकिन ठहरिए,' तुम्हें मालूम है, इसके बाद उसने क्या कहा?"

"कहा होगा, तशरीफ ले जाइए।"

"उसने छोटे-से पैड पर तुम्हें एक खत लिखा, लेकिन थोड़ी देर सोच-कर उसे फाड़ दिया, फिर एक नया लिखा, उसे भी फाड़ दिया और मेरी तरफ बेवकूफों की तरह देखकर घबराई हुई आवाज में बोली, 'समझ में नहीं

आता शुक्रिया किन लफ्जों में अदा करूं।' यह कहकर उसने फिर कोशिश की जो कामयाब रही। बड़े सोच-विचार के बाद उसने एक खत लिखा और लिफाफे में बंद करके मुझे देते हुए बोली, 'यह उनको दे दीजिएगा।' मैं वह खत लेकर बाहर निकला और···"

"खत कहां है?" सईद ने बेचैनी से पूछा।

अब्बास ने बड़ी बेबपरवाही से उत्तर दिया, "मेरे पास है, हां, तो मैंने बाहर आकर लिफाफे को देखा। उस पर लिखा था 'प्राइवेट', इसलिए मैंने उसे खोल लिया।"

"तुमने खोल लिया?"

'खोल लिया और पढ़कर देखा, तो मालूम हुआ कि वह तुमसे मिलने के लिए बहुत बेचैन है। खत का मजमून यह है, 'मैं तुमसे मिलना चाहती हूं। मेरी तबीयत आजकल बहुत उदास है। साड़ी का बहुत-बहुत शुक्रिया। मैं इसे परसों बालरूम डांस में पहनकर जाऊंगी, जो छावनी में हो रहा है।"

यह कहते हुए अब्बास ने जेब से लिफाफा निकालकर सईद को दे दिया, "तुम खुद भी पढ़ सकते हो।"

सईद ने लिफाफे से पत्र निकालकर पढ़ा। पढ़कर वह कुछ सोच में पड़ गया, वह मुझसे क्यों मिलना चाहती है और उदास क्यों है? क्या उसकी उदासी मुझसे मिलने पर दूर हो जाएगी? कहीं ऐसा तो नहीं कि मेरे वहां से चले आने पर ही वह उदास हो और यह जो अब्बास का ख्याल है कि वह सचमुच मुझसे प्रेम करती है···?

इस अन्तिम विचार पर उसे हंसी आ गई "अब्बास! तुम बिल्कुल बेवकूफ हो। उसे मुझसे नहीं, किसी और से प्रेम हुआ है और वह मुझे उसका सारा हाल सुनाना चाहती है। मैंने एक बार उससे मजाक-मजाक में कहा था, ज्योंही किसी से प्रेम करने लगो, मुझे जरूर बताना। हो सकता है क्यूपिड ने उसके दिल पर अपना पहला तीर चला दिया हो। खैर, छोड़ो इस किस्से को। यह बताओ कि क्या तुमने कभी किसी ऐंगलो इंडियन लड़की से प्रेम किया है?"

अब्बास ने बड़ी गम्भीरता से कहा, "मैंने ठेठ यूरोपियन लड़की से लेकर भंगिन तक सबसे प्रेम किया है, लेकिन मेरा प्रेम हमेशा मुझ तक ही सीमित

रहा है। सच पूछो तो मैं तुम्हारी इस फरिया से भी प्रेम करने लगा हूं। लेकिन जैसा कि तुम कहते हो वह कम्बख्त किसी दूसरे से प्रेम करने लगी है। मेरे ख्याल में अपना सिलसिला तो यूं ही चलता रहेगा। आखिर एक दिन शादी हो जाएगी और सारा प्रेम धरा का धरा रह जाएगा।"

अब्बास उदास हो गया। इस पर सईद ने पूछा, "अब्बास, क्या तुम सचमुच किसी से प्रेम करना चाहते हो?"

अब्बास जैसे तड़पकर बोला, "यह 'सचमुच' भी खूब रही! अरे भई, एक मुद्दत हो गई कोशिश करते-करते और अब तो प्रेम की ख्वाहिश बहुत जोर मारने लगी है। कोई भी हो, मगर औरत हो औरत। खुदा की कसम मजा आ जाए।"

यह कहकर अब्बास मजा लेने के लिए जोर-जोर से अपने हाथ मलने लगा, "लेकिन मैं ऐसे प्रेम के हक में नहीं हैं जो तपेदिक या दमे के रोग की तरह हमेशा के लिए चिमट जाए। मैं ज्यादा से ज्यादा एक या दो बरस किसी औरत से प्रेम कर सकता हूं और बस!"

प्रेम कितनी देर तक किया जा सकता है, यह सईद को मालूम नहीं था। टाइफाइड की तरह क्या उसका भी समय निश्चित है, इसका भी उसे ज्ञान नहीं था। एक बार उसे टाइफाइड हुआ था, जो उसकी मां के कथनानुसार पूरे सवा महीने के बाद उतरा था, लेकिन यह प्रेम जो अभी-अभी उसके दिल में पैदा हुआ था, कब तक उसे कष्ट देता रहेगा? यह प्रश्न उसके मन में आया ही था कि राजो और उसके इर्द-गिर्द की तमाम चीजें नजरों के सामने घूमने लगीं और वह उस व्यक्ति की तरह जो एकाएक किसी मुसीबत में पड़ जाए, सख्त घबरा गया। अपने-आप को उन विचारों से सुक्त करने के लिए उसने अब्बास से कहा, "अब्बास, आज कोई पिक्चर देखनी चाहिए।"

अब्बास, जिसके मस्तिष्क पर इस समय प्रेम सवार था, बोला, "खाली तस्वीरें प्यास नहीं बुझा सकतीं, दोस्त। मुझे औरत चाहिए औरत। तुम्हें एक मौका मिल रहा है, खुदा के लिए उससे फायदा उठाओ। जाओ, वह नर्स तुम्हारी है। उसकी आंखों ने मुझे बता दिया था कि वे एक पहली गलती करके रोना चाहती है। जाओ, उसे अपनी जिन्दगी की पहली गलती

में मदद दो। बेबकूफ न बनो! अगर गलतियां न होतीं, तो औरतें भी न होतीं। मेरी समझ में नहीं आता, तुम्हारा फलसफा क्या है? भई, एक जवान लड़की तुम्हारी मदद से अपनी जिन्दगी की कहानी को रंगीन बनाना चाहती है, तुम अगर अपने रंगों का बक्स बंद कर लो तो यह तुम्हारी बेवकूफी है। काश, तुम्हारी जगह पर मैं होता! फिर···फिर देखते कैसे-कैसे शोख रंग उसकी जिन्दगी में भरता!"

अब्वास की बातें सईद उन कानों से सुनने की कोशिश कर रहा था, जिनमें राजो का प्रेम भनभना रहा था। अस्पताल में वह उसे लगभग भूल गया था, लेकिन अब घर आते ही वह पहले की तरह उसके भीतर प्रवेश कर गई थी। अब्बास बातें कर रहा था और सईद के मन में यह इच्छा उत्पन्न हो रही थी कि उठे और अन्दर जाकर राजो को फिर से एक नजर देख आए। प्रेम-भरी नजरों से न देखे, घृणा-भरी नजरों से ही देखे, लेकिन देखे जरूर लेकिन इसके साथ ही वह यह भी नहीं चाहता था कि जो संकल्प वह कर चुका है, इतनी जल्दी टूट जाए।

अतः बड़ी शक्ति से काम लेते हुए उसने एक बार फिर राजो के विचार को अपने दिल में कुचल दिया और उठ खड़ा हुआ, "अब्बास, कोई और बात करो। सच पूछो तो अभी तक मैं प्रेम का सही मतलब ही नहीं समझ सका, लेकिन इतना जरूर जानता हूं कि यह प्रेम वह चीज नहीं है, जिसका जिक्र तुम करते हो। तुम एक औरत से सिर्फ एक-दो बरस तक प्रेम करने के कायल हो, लेकिन मैं तो उम्र-भर का पट्टा लिखवाना चाहता हूं। अगर मुझे किसी से प्रेम हो जाए, तो मैं उस पर अपनी मिलकियत चाहूंगा। वह औरत सारी की सारी मेरी होनी चाहिए। उसका एक-एक जर्रा मेरे प्रेम के अधीन होना चाहिए। प्रेमी और डिक्टेटर में मैं कोई ज्यादा फर्क नहीं समझता। दोनों ताकत चाहते हैं, दोनों हुक्मरानी की आखिरी हद के इच्छुक हैं। प्रेम···तुम प्रेम-प्रेम पुकारते हो मैं भी प्रेम-प्रेम चिल्लाता हूं, लेकिन प्रेम के बारे में हम कितना जानते हैं! किसी अंधेरी गुफा में या बाग की किसी घनी झाड़ी के पीछे अगर किसी वासना की भूखी औरत से तुम्हारी मुलाकात हो जाए, तो तुम कहोगे तुमने प्रेम कर डाला है, लेकिन असल में यह प्रेम नहीं है। प्रेम तो कोई और ही चीज है। मैं यह भी नहीं

कहता कि प्रेम एक निहायत ही पाक (पवित्र) जज्बे का नाम है और जैसा कि हमारे बुजुर्ग कहते हैं,इसमें वासना नाम मात्र नहीं···नहीं, मैं इस बात को भी नहीं मानता। मुझे तो ऐसा मालूम होता है कि मुझे पता है, प्रेम क्या है। ···लेकिन···लेकिन···मैं अपनी बात पूरी तरह बयान नहीं कर सकता। मैं समझता हूं, प्रेम हर आदमी के अन्दर अलग-अलग जज्बों के अधीन पैदा होता है। जहां तक फे'ल (कर्म)का सम्बन्ध है, एक ही रहता है। अमल (क्रिया)भी एक ही है। नतीजा भी आम तौर पर एक जैसा ही निकलता है, लेकिन जिस तरह रोटी खाने का फे'ल देखने में एक-सा है और बहुत-से लोग जल्दी-जल्दी निवाले उठाते हैं और बिना चबाए निगल जाते हैं और कुछ लोग देर तक चबा-चबाकर पेट में उतारते हैं···लेकिन यह मिसाल भी साफ तौर पर कुछ बयान नहीं कर सकती। भई, मेरा तो दिमाग खराब हो गया है। खुदा के लिए यह प्रेम की बातें खत्म करो। हमारा प्रेम बहुत-से पत्थरों के नीचे दबा हुआ है। जब खुदाई होगी और उसको निकाला जाएगा, तो हम दोनों उसके बारे में अच्छी तरह बातचीत कर सकेंगे।"

सईद के इस असमतल भाषण में इतने धचके थे कि अब्बास की मनः स्थिति ऐसी हो गई, जैसी किसी घटिया तांगे में बैठकर टूटी-फूटी सड़क पर चलने से हो जाती है। वह भी उठ खड़ा हुआ, "जाने तुमने क्या बकवास की है! मैं तो बस इतना ही समझ पाया हूं कि तुम किसी औरत से प्रेम करने और जमीन के किसी प्लॉट को खरीदने को एक ही बात समझते हो। सो तुम प्रेम करने की बजाय एक-दो बीघा जमीन खरीद लो और सारी उम्र उस पर धरना देकर बैठे रहो। समझ नहीं आता कि आखिर तुम्हें हो क्या गया है? तुम्हारे अन्दर की शायरी कहां मर गई है? बीमार होने के बाद तुम इतने ठस क्यों हो गए हो? कमाल है, इतनी मामूली-सी बात भी तुम्हारी समझ में नहीं आती कि प्रेम जो ज्यादा दिनों तक चले, प्रेम नहीं, लानत है। हम इन्सान हैं फरिश्ते नहीं, जो एक ही हर पर सब्र करके बैठ जाएं। अगर मैंने हमेशा के लिए एक ही औरत से अमने-आप को चिपका दिया, तो जिन्दगी बेकार हो जाएगी। मैं खुदकुशी कर लूंगा। जिन्दगी में सिर्फ एक औरत···सिर्फ एक औरत···और यह दुनिया क्यों इतनी भरी-पूरी है? क्यों इसमें इतने तमाशे जमा हैं? सिर्फ गेहूं पैदा करके

ही अल्लाह मियां ने अपना हाथ क्यों न रोक लिया? मेरी सुनो, और इस जिन्दगी को, जो तुम्हें दी गई है, अच्छी तरह इस्तेमाल करो। अपने-आप को फलसफे में मत उलझाओ। औरत के बारे में भी ज्यादा सोच-विचार की जरूरत नहीं। वह अगर अथाह समुन्दर है, तो हुआ करे। ऊंचा तारा है, तो भी क्या! जब तक वह औरत है और उसमें वे सब खूबियां हैं, जो एक औरत में होनी चाहिए, तो सिर्फ एक ही बात पर गौर करना चाहिए कि हम उसे कैसे हासिल कर सकते हैं, लेकिन तुम बिलकुल बेवकूफ हो। जरा सोचो, आखिर तुम क्या हो।"

थोड़ी देर के लिए सईद को ऐसा लगा कि वाकई अब्बास सब कुछ है और वह कुछ भी नहीं। उसने सोचा कि आखिर मैं क्या हूं? यहां इस घर में एक लड़की मौजूद है, जिससे मैं प्रेम कर सकता हूं, लेकिन···लेकिन यह प्रेम क्या है? कितनी अपमानजनक वस्तु है यह! मैं चाहता हूं कि वह मेरी हो जाए और साथ ही यह भी चाहता हूं कि उसके विचार तक को नोचकर फेंक दूं। मैं भी किस मुसीबत में पड़ गया हूं! क्या प्रेम इसी मुसीबत का नाम है?

कुछ भी हो, लेकिन सईद इतना जरूर समझता था कि यह मुसीबत, या जो कुछ भी इमका नाम रख लिया जाए, था प्रेम ही, जो धीरे-धीरे उसके दिल में जड़ पकड़ गया था। जिस प्रकार लोग भूत-प्रेत से डरते हैं, उसी प्रकार वह प्रेम से डरता था। उसे हरदम यह भय लगा रहता था कि एक समय ऐसा भी आएगा, जब उसकी भावनाएं बेलगाम हो जाएंगी और वह कुछ कर बैठेगा। क्या कर बैठेगा?···यह उसको मालूम नहीं था, लेकिन वह उस तूफान की प्रतीक्षा में जरूर था, जिसके लक्षण उसे अपने भीतर दिखाई दे रहे थे। इस प्रेम ने उसे डरपोक बना दिया था। वह बुजदिल हो गया था। अब्बास अपने विचारों में मग्न था, इसलिए वह अपने मित्र की मनःस्थिति न भांप सका। वास्तव में वह दूसरों के बारे में गौर करने का आदी ही नहीं था। उसे केवल अपने-आप से दिलचस्पी थी। हर समय वह अप ने अन्दर ही समाया रहता था। उसे इतनी फुर्सत ही नहीं मिलती थी कि दूसरों के बारे में कुछ सोच सके, लेकिन इसपर भी यह एक अच्छा मित्र था और यह भी शायद इसलिए कि वह मित्रता और

उसके अर्थों को कोई महत्त्व नहीं देता था। वह किसी हालत में भी इसे किसी नाजुक रिश्ते की शक्ल में देखने को तैयार नहीं था।

वह हमेशा कहा करता था, "अजी छोड़ो, तुम किन वहमों में पड़े हो! दोस्ती-वोस्ती सब बकवास है। धातु या पत्थर के जमाने में दोस्त होते होंगे। आजकल कोई किसी का दोस्त नहीं हो सकता। लोग अगर दोस्ती की ही रस्सी बंटना शुरू कर दें, तो सारे का सारा कारोबार ठप हो जाए। तुम मुझे दोस्त कहते हो, कहो। मैं भी तुम्हें दोस्त कहता हूं, ठीक है सुनते जाओ, लेकिन इससे ज्यादा इस पर सोच-विचार न करना। जितना ज्यादा सोचोगे, उतने ज्यादा गढ़े पैदा होते जाएंगे।"

अब्बास बातें दिलचस्प करता था। किसी साधारण-सी बात को भी एक विशेष पुट देकर मनोरंजक बना देता था। दुनिया के बारे में उसके अपने कुछ सिद्धान्त थे, जिन पर वह एक समय से बड़ी पाबंदी के साथ चल रहा था। इसमें कोई संदेह न था कि वह सोच-विचार से हमेशा दूर रहता था, लेकिन व्यक्तिगत बातों के बारे में तो उसे थोड़ा-बहुत सोचना ही पड़ता था। इस समय भी वह कुछ सोच रहा था, क्योंकि उसके चेहरे पर सन्तोष की वह लहर नहीं थी, जो सामान्य रूप में नजर आया करती थी। नयी सिगरेट सुलगाकर वह लम्बे-लम्बे कश ले रहा था और उसका मित्र सईद आतिशदान के पास खड़ा घोर मानसिक और आत्मिक असमंजस में जकड़ा था।

सहसा अब्बास चौंक पड़ा, "अजी हटाओ, ख्वाह-मख्वाह इस उलझन में अपने-आप को क्यों फंसाया जाए। जो होगा, देखा जाएगा।" फिर अपने मित्र से सम्बोधित होते हुए बोला, "अजी हजरत, आप किन ख्यालों में उलझे हुए हैं? कुर्सी पर तशरीफ रखिए। हुजूर अभी-अभी बीमारी से उठे हैं। ऐसा न हो, ज्यादा सोचने से फिर अस्पताल जाना पड़े, लेकिन दोस्त, इस बार अपनी जगह मुझे भेज देना। वल्लाह! वह लौंडिया मुझे भा गई है।" और यह कहकर वह स्वयं आरामकुर्सी पर बैठ गया।

सईद भी आतिशदान के पास कुर्सी पर बैठ गया। अधिक बातचीत और सोच-विचार ने उसे निढाल कर दिया था। थकी हुई आवाज में वह बोला, "अब्बास! मैं बहुत कमजोर हो गया हूं। सोचता हूं, कुछ दिनों के

लिए कहीं बाहर चला जाऊं। जरा हवा-पानी ही बदल जाएगा।"

अब्बास ने पूछा, "कहां जाओगे?"

सईद ने उत्तर दिया, "यही तो सोच रहा हूं। सर्दियों में कहां जाना चाहिए? कोई ऐसी जगह बताओ, जहां इन दिनों मौसम अच्छा हो। बम्बई चला जाऊं?···कलकत्ता भी बुरा नहीं, लेकिन···लेकिन क्रिस्मस तो गुजर चुका।···क्रिस्मस को छोड़ो। दरअसल मैं कुछ दिनों के लिए अमृतसर छोड़ना चाहता हूं। यहां मुझे घबराहट-सी होती है।"

"घबराहट?" अब्बास ने आश्चर्य से पूछा, "अमृतसर ने आपको कहां काट खाया है?"

इस पर सईद के दिल में आया कि अब्बास को अपना सारा भेद बता दे, लेकिन वह चुप रहा। वह चाहता था कि किसी को अपना राजदार बनाए, लेकिन इसके साथ ही वह यह भी नहीं चाहता था कि कोई उसके राज को जान ले। अगर यूं हो सकता कि राज बता देने पर भी उसका राज फाश न होता, तो वह अवश्य ही अपना दिल अब्बास के सामने खोल देता, लेकिन उसे मालूम था कि एक बार उसने राजो से अपने प्रेम की दास्तान सुना दी, तो वह चिड़िया फुर से उड़ जाएगी, जिसे वह न जाने क्यों पिंजरे में ही मार डालना चाहता था।

अब्बास को अपने दिल का राज बताने के लिए चूंकि वह आगे को झुका था, इसलिए उसे डिब्बे से सिगरेट निकालकर सुलगाना पड़ा।

अब्बास ताड़ गया कि उसका मित्र कुछ कहना चाहता है, लेकिन कह नहीं पा रहा, अतएवः उसमें साहस भरने के विचार से उसने कहा, "बात को ज्यादा देर तक पेट में न रखा करो, सईद, वरना बदहजमी हो जाएगी। कहो, क्या कहना चाहते हो? तुम्हें अमृतसर से क्यों घबराहट होती है? तुम बाहर क्यों जाना चाहते हो? क्या कोई खास बात है? खास बात तो कोई भी नहीं होती। हम लोग ख्वाह-मख्वाह बातों में खासपन पैदा कर लेते हैं। कहो, क्या कहना चाहते थे तुम?"

सिगरेट का एक कश लेकर सईद ने अब्बास से कहा, "कुछ भी तो नहीं। कोई खास बात नहीं है। मैं खुद नहीं समझ सका कि मैं अमृतसर क्यों छोड़ना चाहता हूं। दरअसल कुछ अर्से से न जाने क्यों मेरा जी

चाहता है कि मैं शोर-गुल में रहूं।"

"शोर-गुल में रहना चाहते हैं आप, तो यह क्या मुश्किल है। मैं इसी कमरे में आपके लिए शोर-गुल पैदा कर सकता हूं। कहने-भर की देर है, रशीद, वहीद, नासिर, प्राण सब आपकी खिदमत में हाजिर हो जाएंगे। इतना शोर होगा कि कान पड़ी आवाज सुनाई न देगी। फर्माइए क्या हुक्म है।"

इस बार अब्बास हंसा तो सईद बेचैन हो गया। अब्बास नहीं जानता था कि सईद के भीतर कैसा तूफान मचा है और वह किन-किन यातनाओं से गुजर रहा है। जानता तो शायद इस तरह मजाक न उड़ाता। अब्बास ने उसी तरह हंसते हुए एक बार फिर पूछा, "फर्माइए, क्या हुक्म है?"

इस पर सईद और भी बेचैन होकर उठ खड़ा हुआ, "लेकिन मैं फैसला कर चुका हूं कि इसी हफ्ते कहीं बाहर चला जाऊंगा।"

सात

अमृतसर से लाहौर सिर्फ तीस-बत्तीस मील दूर है। एक घंटे में सुस्त से सुस्त रफ्तार वाली गाड़ी भी आपको अमृतसर से लाहौर पहुंचा देती है, लेकिन जब सईद अमृतसर छोड़कर लाहौर चला आया, तो उसे ऐसा महसूस हुआ जैसे वह हजारों मील अपने पीछे छोड़ आया[1] है और अब उसे राजो का कोई भय नहीं रहा।

मां ने उसे रोकने की बहुत चेष्ठा की, लेकिन वह अपने निश्चय पर अटल रहा और अस्पताल से घर वापस आने के चौथे दिन ही अपना आवश्यक सामान लेकर चल दिया। लाहौर में उसके तीन-चार रिश्तेदार रहते थे। उनसे मिला जरूर, लेकिन उनके यहां ठहरा नहीं। उन रिश्तेदारों को भी उसकी विशेष चिंता नहीं थी और उनके इस व्यवहार से सईद को खुशी ही हुई। मेहमानों की तरह चंद घंटों के लिए उनके पास ठहरा और औपचारिक बातचीत के बाद अपने होटल में चला आया।

इस होटल में उसका मन एक हफ्ते के बाद ही उकता गया। वैसे किराया भी अधिक था और वह ऐसे लोगों में घिरे रहना भी पसंद नहीं करता था, जो हिन्दुस्तान में जन्म लेकर यूरोपियन बनने की कोशिश करते हैं। अतः उसने माल रोड पर अपने लिए एक छोटा-सा कमरा देख लिया और किराया आदि तय करके उसमें चले जाने का फैसला कर लिया।

---

1. यह उपन्यास विभाजन से पूर्व का है।

होटल का बिल चुकाकर वह तांगे में सामान रखवा रहा था कि उसने एक और तांगे से मिस फरिया नर्स को उतरते देखा। पहले उसे ख्याल आया कि फरिया नहीं कोई और होगी, क्योंकि एंग्लो इंडियन लड़कियों का रंग-रूप आम तौर पर एक जैसा होता है, लेकिन जब फरिया उसे देखकर बेताबी से उसकी ओर बढ़ी तो उसे विश्वास हो गया कि वह फरिया ही है। क्षण-भर में ही उसके मस्तिष्क में सैकड़ों प्रश्न ऊपर-तले पैदा हुए, लाहौर में क्या करने आई है और कब आई है? क्या अकेली है? इस होटल में इसका कौन है? क्या इसी होटल में ठहरी है आदि-आदि।

सईद होटल के नौकर की हथेली में कुछ रुपये दबाकर फरिया की ओर बढ़ा और बड़े तपाक से मिला, "मिस फरिया! किसे मालूम था कि यहां लाहौर में तुमसे मुलाकात होगी! तुम कब से यहां आई हुई हो?"

उसने बहुत-से प्रश्न फरिया से किए, लेकिन फरिया ने किसी एक का भी उत्तर नहीं दिया। वह बड़ी बेचैन थी। इतनी बेचैन कि उसके चेहरे पर एक अवर्णनीय शांति पैदा हो गई थी। ऐसा मालूम होता था कि अभी-अभी कोई दुःखद घटना घटित हुई है। उसका रंग बेहद पीला था और उसके होंठों पर लिपस्टिक के लेप के बावजूद पपड़ियां साफ नजर आ रही थीं।

इधर-उधर देखकर फरिया ने उससे कहा, "मुझे आपसे बहुत-सी बातें करनी हैं," यह कहकर उसने तांगे की ओर देखा, जिस पर सामान लदा हुआ था, "लेकिन आप अभी-अभी आए हैं या कहीं जा रहे हैं?"

"मुझे यहां आए पूरे सात दिन हो गए हैं और अब मैं यह होटल छोड़ रहा हूं।"

इस पर फरिया का रंग और भी पीला पड़ गया, "तो बस, अब आप घर जा रहे हैं?"

"नहीं, नहीं, घर तो मैं दो-ढाई महीने के बाद जाऊंगा। यह होटल का सिलसिला मुझे पसंद नहीं था, इसलिए मैंने अलग कमरे का इन्तजाम कर लिया है।"

"तो चलो, मुझे भी वहां ले चलो," यह कहकर वह कुछ झेंप-सी गई, "अगर आपको तकलीफ न हो तो··· मेरा मतलब है, मैं आपसे बहुत-सी

बातें करना चाहती हूं, लेकिन यहां होटल के सामने चंद मिनटों में कुछ नहीं कह सकती।"

सईद ने फरिया की ओर देखा, तो उसकी मोटी-मोटी आंखों में उसे आंसू नजर आए, "नहीं, नहीं, इसमें तकलीफ की क्या बात है, लेकिन मैं सोच रहा था कि उलटा तुम्हें वहां तकलीफ होगी, इसलिए कि वहां सामान-वामान कुछ भी नहीं, खाली कमरा है। अभी तक मैं फर्नीचर नहीं ला सका। खैर, देखा जाएगा, चलो, आओ।"

दोनों तांगे में बैठकर माल रोड की ओर रवाना हुए। रास्ते में कोई बात नहीं हुई, क्योंकि दोनों अपने-अपने विचारों में डूबे हुए थे। यहां तक कि वह बिल्डिंग आ गई, जहां दूसरी मंजिल पर सईद ने अपने लिए एक कमरा किराये पर लिया था।

सामान आदि रखवाकर सईद ने फरिया की ओर देखा, तो वह लोहे के पलंग पर बैठी अपने आंसू पोंछ रही थी। दरवाजा भेड़कर वह उसके पास आया और बड़ी सहानुभूति से उसने पूछा, "मिस फरिया! क्या बात है? तुम्हारी आंखें तो कभी रोने वाली नहीं थीं?"

यह सुनकर फरिया ने जोर-जोर से रोना शुरू कर दिया, जिस पर सईद बहुत परेशान हुआ। उसकी समझ में नहीं आता था कि वह किस प्रकार उस लड़की को सांत्वना दे। यह पहला अवसर था कि एक नौजवान लड़की उसके पास बैठी थी और रो रही थी। उसका दिल बड़ा नर्म था, इसलिए फरिया के रोने से उसे बहुत दुःख हुआ। घबराकर उसने कहा, "मिस फरिया। तुम मुझे बताओ तो सही, शायद मैं तुम्हारी कुछ मदद कर सकूं।"

फरिया पलंग पर से उठ खड़ी हुई और खिड़की खोलकर बाहर बाजार की ओर देखने लगी, फिर थोड़ी देर बाद पलटकर बोली, "मै" इसीलिए तो आपके साथ आई हूं। अगर आज आपसे मुलाकात न होती, तो न जाने क्या होता। सच कहती हूं, मैं जहर खाकर मर जाती। मेरे साथ बहुत जुल्म हुआ है। आपको याद होगा, साड़ी मिलने पर मैंने आपको शुक्रिया का खत लिखा था और आपसे विनती की थी कि आप मुझे जरूर मिलें। अच्छा हुआ, आप नहीं आए, वरना मेरी उन दिनों की खुशी देखकर अब आपको बहुत हैरानी होती। मेरी जिन्दगी में यह तब्दीली क्या आई,

जैसे भूचाल आया है। मुझे नहीं मालूम था, खूबसूरत मर्द धोखेबाज भी हो सकते हैं। मुझे उससे प्रेम हो गया था। उसने भी मुझे अपने प्रेम का यकीन दिलाया था। वह इतनी अच्छी बातें करता था कि सुनकर मेरे दिल में नाचने की और नाचते चले जाने की इच्छा पैदा होती थी, लेकिन··· लेकिन यह सब एक सपना निकला। उसने मुझसे कहा, मैं बहुत अमीर आदमी हूं और उसने मुझे एक बहुत बढ़िया ड्रेस प्रेजेंट की और एक अंगूठी भी बनवा दी। वह जल्द से जल्द मुझसे शादी करता चाहता था। मेरे मां-बाप तो हैं नहीं, जो किसी से इजाजत लेनी पड़ती, मैने फौरन हामी भर दी। शादी करने के लिए वह मुझे यहां लाहौर में ले आया और हम दोनों उसी होटल में ठहरे, जहां आप भी कुछ रोज रहे हैं। सात-आठ दिन तक उसने मुझे हर तरह से खुश रखा, लेकिन एक दिन सुबह उठकर जो मैंने देखा, तो उसका सारा सामान गायब था। मैंने उसे ढूंढ़ने की बहुत कोशिश की, लेकिन उसका कोई पता भी तो मेरे पास नहीं था। मैंने कितनी गलती की! क्या आप यकीन कर सकते हैं कि मैंने उसका पूरा नाम भी नहीं पूछा था? खुदा जाने वह कौन था, कहां का रहने वाला था और क्या करता था? मेरी अक्ल पर पत्थर पड़ गए,जो नर्सिंग होम छोड़कर उसके साथ चली आई शादी करने। मैं कितनी खुश थी और शादी के बाद घर बनाने और उसे सजाने के लिए मैंने दिल ही दिल में कितने प्रोग्राम बना रखे थे! अब मैं क्या करूं? वापस अस्पताल कैसे जा सकती हूं? नर्सें क्या कहेंगी और सिस्टर मेरा कितना मजाक उड़ाएगी। मैंने मरना चाहा, लेकिन मैं मरना भी नहीं चाहती। मुझे जिन्दा रहने का शौक है। वह मुझसे शादी न करता, मेरे साथ ऐसे ही रहता। खुदा की कसम, मैं खुश रहती, लेकिन वह कितना जालिम निकला। मैं नहीं कहती कि मैंने उस पर कोई अहसान किया है। मैं तो उलटा उसका अहसान मानती थी किं उसने मुझे एक नई जिन्दगी का रास्ता बताया और मुझे खुश करने की कोशिश की। मगर वह तो मुझे धोखा दे गया। यह जुल्म नहीं तो और क्या है? होटल वाले मुझे शक की नजरों से देखते हैं। बैरे मेरी तरफ इस तरह देखते हैं, जैसे मैं कोई चिड़ियाघर का जानवर हूं। मैं अभी तक वहां इसलिए ठहरी रही कि होटल वाले यही समझें कि कोई

खास बात नहीं हुई, लेकिन मालूम होता है, उन सबको पता चल चुका है; क्योंकि एक दिन बुड्ढे बैरे ने मुझसे कहा, 'मेम साहब! वे आपके साहब अब नहीं आएंगे। आप चली जाएं,' मैंने शुक्रिया अदा करने की बजाय उसको गालियां दीं। क्या करूं, मैं चिड़चिड़ी हो गई थी, लेकिन अब मेरा दिल ठिकाने आ चुका है। अब आपको देखकर मुझे ऐसा लगा कि जो कुछ हो चुका है, उसका ख्याल जल्दी ही मेरे दिल-दिमाग से निकल जाएगा। मुझे एक दोस्त की जरूरत है, लेकिन यह मेरी दूसरी बेवकूफी होगी, अगर मैं आपको दोस्त समझूं। क्या मालूम, आप मुझे दोस्त न बनाना चाहें! अस्पताल में आप कुछ दिन रहे। आपने हमेशा मुझसे अच्छा बर्ताव किया, इसलिए मैं समझी शायदआप मेरे दोस्त बन सकें। अच्छा तो, अब मैं जाती हूं।

यह सुनकर न जाने क्यों सईद को हंसी आ गई, "कहां जाओगी? बैठ जाओ।" और उसने उसकी बांह पकड़कर फिर पलंग पर बिठा दिया।

जब वह बैठ गई तो सहसा सईद के पूरे शरीर में इस अनुभूति से एक सनसनी-सी दौड़ गई कि उसने एक नौजवान लड़की को यूं बिना सकुचाए पकड़कर बिठाया है और उससे यूं बात की है, जैसे वह उसका बहुत पुराना मित्र हो। इस नई अनुभूति ने उस जज्बे को बिलकुल सुला दिया, जो थोड़ी देर पहले फरिया को देखकर उसके मन में उभरा था। वे सभी बातें जो एक-एक करके उसके मस्तिष्क के बीजों में से निकलने वाली नन्ही कोंपलों की तरह फूटी थीं, दब गई और वह बेचैन-सा हो गया। उसकी इस बेचैनी को देखकर फरिया फिर उठ खड़ी हुई और कहने लगी, "मेरा इस दुनिया में कोई नहीं है, यह मुझे आज मालूम हुआ है। आज से कुछ दिन पहले मैं समझती थी, सारी दुनिया मेरी है। यह दुनिया फिर कभी मेरी हो सकेगी, इस सवाल का जवाब मेरे पास नहीं है," वह आहों से भरी बातें कर रही थी, "मैं अस्पताल कभी वापस नहीं जाऊंगी। लाहौर में कुछ दिन मैंने बड़ी खुशी में गुजारे हैं। मेरे दुःख के दिन भी अब यहीं गुजरेंगे। मैं यहां किसी दुकान में नौकरी कर लूंगी···और···और···बाकी दिन भी यूं ही बीत जाएंगे···"

यह कहती हुई फरिया फिर दरवाजे की ओर बढ़ी, लेकिन सईद ने उसे रोक लिया, "मिस फरिया, जो कुछ तुमने कहा है, मेरे दिल पर उसका

बहुत असर हुआ है। जिस आदमी ने भी तुम्हें धोखा दिया है, वह बड़ा ही नीच आदमी था। तुम्हें धोखा देना बहुत बड़ी बात नहीं है, इसीलिए तुम्हें धोखा नहीं देना चाहिए था। मुझे तुमसे पूरी-पूरी हमदर्दी है। काश, जो कुछ हो चुका है किसी तरह मैं उसका सुधार कर सकता!" फिर एका-एक सईद ने बिलकुल नये ढंग और नये स्वर में कहना शुरू किया, "माफ करना, फरिया, तुम बिलकुल गलत आदमी के पास आई हो। तुम समझती होगी, मैं औरतों से वाकिफ हूं। उन्हें अच्छी तरह समझता हूं, लेकिन खुदा गवाह है कि तुम पहली औरत हो, जिससे मैंने खुलकर बात करने की कोशिश की है। अस्पताल में तुमसे जितनी बात हुई थीं, सब बिलकुल बनावटी थीं। इसलिए कि मैं सिर्फ एक ऐसी औरत समझकर तुससे बातें करता था, जिसे कोई जवाब दिए बिना मैं बातें कर सकता था। तुम हमारी सोसाइटी से वाकिफ नहीं हो। हम लोग अपनी मां-बहन के सिवा और किसी औरत को नहीं जानते। हमारे यहां औरतों और मर्दों के बीच बड़ी मजबूत दीवार खड़ी है। अभी-अभी तुम्हारी बांह पकड़कर मैंने तुम्हें इस पलंग पर बिठाया था। जानती हो, मेरे जिस्म में एक सनसनी-सी दौड़ गई थी। तुम इस बन्द कमरे में मेरे पास खड़ी हो, जानती हो, मेरे दिमाग में कैसे-कैसे ख्याल चक्कर लगा रहे हैं। मुझे भूख महसूस हो रही है। मेरे पेट में हलचल-सी मच रही है। मेरी रूह जम गई है और जिस्म जैसे उलटा लटक गया है। तुम अपने प्रेमी की बातें कर रही थी और मेरा दिल बेचैन हो रहा था कि उठकर तुम्हें अपनी छाती से लगा लूं और इतना भीचूं, इतना भीचूं कि खुद ही निढाल होकर गिर पड़ूं, लेकिन मुझे अपनी भावनाओं पर काबू पाने का गुर आ चुका है और इसीलिए अब तक मैं अपनी अनगिनत ख्वाहिशें कुचल चुका हूं। तुम हैरान क्यों होती हो, मैं सच कहता हूं, औरत के मामले में मेरी कोई ख्वाहिश अब तक पूरी नहीं हुई। तुम पहली औरत हो, जिसे मैंने इतने करीब से देखा है। यही वजह है कि मैं तुम्हारे और करीब जाना चाहता है, लेकिन मैं शरीफ आदमी हूं। मैं तुमसे प्रेम नहीं कर सकता, लेकिन···लेकिन इसका यह मतलब भी नहीं कि मैं तुमसे नफरत करता हू या चूंकि मुझे तुमसे प्रेम नहीं है, इसलिए मैं तुमसे दिलचस्पी नहीं लूंगा···यह बात नहीं है···प्रेम, प्रेम···मैं नहीं समझ

सका कि यह प्रेम क्या बला है! तुम्हें हैरानी होगी कि मुझे एक ऐसी औरत से प्रेम है, जो किसी तरह प्रेम के काबिल नहीं। मुझे उससे नफरत है। सच कहता हूं, बड़ी सख्त नफरत है, लेकिन मुसीबत तो यह है कि उसी नफरत ने मेरे दिल में उसके प्रेम के बीज बो दिए हैं।"

फरिया ने पूछा, "कौन है वह लड़की?"

"कौन है? तुम उसे जानकर क्या लोगी? एक मामूली लड़की है, जो बहुत अर्से से औरत बन चुकी है। उसका दिल-दिमाग बिलकुल ठस हो चुका है। वह हाड़-मास की एक पुतली है और बस, इससे ज्यादा कुछ नहीं। मेरे घर में नौकर है। पहले किसी और की नौकर थी। मैं इसीलिए अमृतसर छोड़कर चला आया हूं, क्योंकि उसे देखकर मेरे दिल में एक अजीब तूफान-सा मच जाता था। मैं चाहता था कि उसे अपने ढंग से प्रेम करूं, लेकिन क्या···वह···मिस फरिया! खुदा के लिए मुझसे न पूछो कि वह प्रेम को क्या समझती है। मैं जानता हूं, मैं समझता हूं कि प्रेम में वे सब चीजें शामिल होती हैं, जिनकी एक घटिया-सी शक्ल उस औरत के दिल में मौजूद है, लेकिन मैं यह भी तो चाहता हूं कि कभी वह किसी अच्छी बात पर, किसी चुस्त वाक्य पर, किसी शायर के नाजुक ख्याल पर, किसी तस्वीर की सुन्दर लकीर पर तड़प उठे, लेकिन उसकी आंखें इन तमाम चीजों पर बन्द हैं। मैं दिमाग से सोचता हूं, वह पेट से सोचती है, लेकिन तमाशा तो यह है कि मैं उससे प्रेम करता हूं और उस प्रेम ने मेरे दिल के किवाड़ किसी दूसरे प्रेम के लिए बिलकुल बन्द कर दिए हैं···मैं···मैं हमदर्दी के काबिल हूं, मिस फरिया।"

और यह कहकर बड़े उदास मन से सईद भी पलंग पर बैठ गया। मिस फरिया क्षण-भर के लिए विचित्र-सी नजरों से उसकी ओर देखती रही और फिर यूं उसकी पीठ पर हाथ फेर-फेरकर उसे तसल्ली देने लगी, मानो वह बिलकुल बच्चा हो। फरिया की इस सहानुभूति से सईद को बड़ी शान्ति मिली। उसकी मां भी इसी तरह उसकी पीठ पर हाथ फेरा करती थी, लेकिन फरिया के हाथ में उसने और ही सुख पाया और उसे अनुभव हुआ कि वह सचमुच सहानुभूति का पात्र है और संसार की सभी औरतों को चाहिए कि वे इसी तरह प्यार से उसकी पीठ पर हाथ फेरें और उसे

दिलासा दें। फिर एकाएक उसे कुछ ख्याल आया और उसने फरिया का वह हाथ जो खाली था, उठाकर अपने दोनों हाथों में ले लिया और धन्यवादपूर्वक उसे दबाना शुरू कर दिया।

फरिया ने अपना हाथ उसके हाथों में रहने दिया। बोली, "यह तो पड़ी अजीब बात है कि तुम एक औरत से प्रेम करते हो और साथ ही प्रेम करना भी नहीं चाहते। वहां से भाग आए हो और किसी दूसरी औरत से भी प्रेम करना नहीं चाहते।"

इस पर सईद ने फरिया का हाथ छोड़ दिया, "यहां तो चाहने का सवाल ही पैदा नहीं होता। किसी औरत से प्रेम करने के लिए मैं जितने बरस से तड़पता रहा हूं, उसका तुम्हें कुछ अंदाजा नहीं है और फिर प्रेम की जो शक्ल मेरे दिल-दिमाग में है, तुम उससे भी वाकिफ नहीं। जिस मुसीबत में आज मैं फंसा हूं, उसे पैदा करने वाला भी मैं खुद ही हूं। उस औरत के प्रेम में मुझे किसी बाहर की ताकत ने नहीं फंसाया, मैं खुद ही उस जाल में फंसा हूं और अब खुद ही उससे निकल भागा हूं। असल में मैं यह कहना चाहता था कि जब मेरा दिल एक औरत के प्रेम से भरा हुआ है, तो मैं किसी दूसरी औरत से कैसे प्रेम कर सकता हूं। वह भावना जो उस औरत के लिए मेरे दिल में पैदा हुई थी, तुम्हारे या किसी और के लिए तो पैदा नहीं हो सकती। जब मैं अपनी इस हालत के बारे में सोचता हूं, तो अपनी आसानी के लिए अपने-आप को मजलूम[1] समझ लेता हूं, लेकिन तुमसे बातचीत करते हुए या तुम्हें अपने दिल-दिमाग में उतारकर मैं अपने आप को ऐसा नहीं समझ सकता। शायद तुम मेरा मतलब नहीं समझ सकतीं।" और यह कहकर वह और भी बेचैनी से उठ खड़ा हुआ।

फरिया ने मुस्कराकर उसकी ओर देखा। बोली, "दुनिया में अजीबोगरीब आदमी बसते हैं। मैं भी बड़ी कोशिश करती हूं कि उस आदमी को, जिसने मुझे धोखा दिया, जालिम समझूं और उन लोगों को भी जो इससे पहले मुझे फरेब दे चुके हैं, जंगली जानवर मान लूं, लेकिन न जाने क्यों मैं ऐसा नहीं कर पाती। मैं तो उलटा यह सोचती हूं कि शायद मैंने ही उन पर

---

1. पीड़ित

जुल्म किया है। क्या मालूम मुझी से कोई ऐसी बात हो गई हो, जो उन्हें पसन्द न आई हो। कभी-कभी गुस्से में आकर उन्हें भला-बुरा भी कह देती हूं, लेकिन बाद में अफसोस होता है। आप नर्स की जिन्दगी को नहीं जानते, अस्पताल में जो कोई भी आता है, रोगी और दुखी होता है। हर मरीज को हमारी हमदर्दी और देखभाल की जरूरत होती है। लोग मुझसे प्यार की बातें करते हैं और मैं समझती हूं कि उन्हें कोई रोग है, जिसका इलाज में कर सकती हूं···और···और इसीलिए मैं बड़ी बेवकूफ हूं···और आप···"

"मैं," इस बार सईद ने मुस्कराकर कहा, "मैं सबसे बड़ा बेवकूफ।"

फरिया भी मुस्कराई और उसे अपनी ओर खींचकर बिल्कुल अचानक तौर पर उसने सईद के होंठ चूम लिए। सईद एकदम बौखला उठा, "मिस फरिया," वह रुक-रुककर बोला, "यह क्या···ओह···ओह···कुछ नहीं···दरअसल मैं ऐसी चीजों का आदी नहीं," और न जाने कैसे संभलकर उठ खड़ा हुआ। खिसियानी-सी हंसी हंसते हुए बोला, 'मैं, मैं तुम्हारा शुक्रिया अदा करता हूं।"

यह सुनकर फरिया बहुत हंसी, "शुक्रिया···शुक्रिया···तुम बिलकुल बच्चे हो···इधर आओ···" और स्वयं आगे बढ़कर उसने उसे अपनी बांहों में ले लिया और उसके होंठों पर अपने होंठ जमा दिए।

सईद छटपटाकर बोला, "मिस फरिया···! मिस फरिया···!"

फरिया ने जरा पीछे को सरककर उसकी ओर देखा और कहा, "तुम बीमार हो। तुम्हें एक नर्स की जरूरत है।"

अपनी घबराहट दूर करके सईद ने मुस्कराने की कोशिश करते हुए कहा, "मुझे एक नर्स ही की नहीं और बहुत-सी चीजों की भी जरूरत है, लेकिन ये सब चीजें मुझे नहीं मिलतीं। मैं···तुमसे पहले भी कह चुका हूं कि मेरे दिल में बहुत-सी ख्वाहिशें अपाहिज हो चुकी हैं। मेरे बहुत-से जज्बे लंगड़े हो चुके हैं और अब तो यह हालत है कि मैं खुद भी नहीं जानता कि में क्या हूं और क्यों हूं! एक चीज के लिए ख्वाहिश करता हूं, लेकिन साथ ही यह भी चाहता हूं कि वह ख्वाहिश जाहिर न करूं। इसमें कुछ तो हमारी सोसाइटी के बनाए हुए उसूलों का कुसूर है और कुछ मेरा अपना।

मैं एक बहुत बड़ा आदमी होता, अगर मुझमें विरोधी ताकतों का मुकाबला करने की हिम्मत होती, लेकिन अफसोस कि मैं एक मामूली इन्सान हूं, जो ऊंची-ऊंची उड़ानें भरना चाहता है। कितनी बड़ी ट्रेजेडी है यह!"

फरिया ध्यानपूर्वक उसकी बातें सुनती रही, फिर थोड़ी देर के बाद बोली, "लेकिन मैंने तो कभी अपने-आप को मामूली औरत नहीं समझा। शायद यही बात सारी मुसीबतों की जड़ है। मैंने हमेशा यही सोचा है कि मैं गैरमामूली औरत हूं। यानी मुझमें प्रेम करने का माद्दा दूसरी औरतों के मुकाबले में बहुत ज्यादा है और मैं बड़ी बफादार हूं, लेकिन कितनी अजीब बात है कि मैं किसी भी मर्द को हमेशा के लिए अपना बनाने में कामयाब नहीं हो सकी! मेरी समझ में नहीं आता कि आखिर मर्द औरत से क्या चाहते हैं?"

"मेरा ख्याल है ऐसी बातों के बारे में सोचना ही नहीं चाहिए। मर्द औरत से क्या चाहता है, औरत मर्द से क्या चाहती है और फिर वे दोनों मिलकर क्या चाहते हैं, यह चाहने का सिलसिला तो कभी खत्म नहीं होगा, इसलिए आओ कुछ और बातें करें। हां, यह बताओ अब तुम क्या करना चाहती हो?"

फरिया जोर से हंसी, "यह चाहने का सिलसिला कभी खत्म नहीं होगा।"

सईद भी हंस पड़ा।

फरिया बोली, "मैं बहुत उदास और परेशान थी, लेकिन इत बातों ने मेरी सारी परेशानी और उदासी दूर कर दी है। यूं तो मैं ज्यादा देर तक उदास रह भी नहीं सकती, लेकिन ऐसी दिलचस्प बातें न होती, तो मुझे कोई दूसरा सहारा लेना पड़ता। खैर, अब मैं ज्यादा अच्छी तरह अपने भविष्य के बारे में सोच सकूंगी।"

"क्या इरादा है?"

"कोई खास इरादा तो नहीं, लेकिन अब मैं वापस अमृतसर जाना नहीं चाहती, क्योंकि वहां मुझे फिर इस बात का खतरा रहेगा कि कोई आदमी कम्पनी बाग में घूमता-घामता उधर आ निकलेगा और मेरी कम-जोरियों का फायदा उठाकर चलता बनेगा। मैं अब यहां लाहौर में ही रहना चाहती हूं। आप कब तक यहां रहेंगे?"

"कुछ कह नहीं सकता, लेकिन दो-ढाई महीने तो जरूर रहूंगा। मैं खुद अमृतसर नहीं जाना चाहता।"

फरिया ने कहा, "तो मैं भी दो-ढाई महीने यहां रहूंगी उसके बाद कोयटा चली जाऊंगी, जहाँ मेरी एक बहन रहती है। वहां से फिर किधर जाऊंगी, इस बारे में अभी सोचना बेकार है। मेरे पास दो सौ रुपए थे, जिनमें से डेढ़ सौ बाकी रह गए हैं। होटल का किराया-विराया चुकाकर एक सौ बचेंगे। क्या इनसे दो महीने गुजारा न हो सकेगा?"

"हो जाएगा अगर तुम फिजूलखर्ची न करो। मेरे पास सिर्फ दो सौ रुपये हैं और मुझे इनसे ज्यादा वक्त यहां गुजारना है। जब अमृतसर से चला था, तो मां ने ढाई सौ रूपये दिये थे और मेरा ख्याल है, ये ढाई सौ रुपये मुझे देकर और अस्पताल वगैरह का बिल चुकाकर मां के पास अब सिर्फ डेढ़ हजार रूपये बचे होंगे, जो हमारी कुल पूंजी है।"

सईद ने बिलकुल ठीक कहा था। उसकी मां के पास अब कुल मिलाकर डेढ़ हजार रुपये ही रह गए थे। बाप की जिन्दगी में दस हजार थे, जिनमें से कुछ तो सईद ने उनकी जिन्दगी में ही फिजूलखर्चियों में उड़ा दिए और कुछ उनकी मौत के बाद इधर-उधर खर्च कर दिए। बाप जब तक जिंदा रहा, हमेशा सईद से नाराज रहा। उसने सईद को कड़ी से कड़ी सजाएं भी दी, लेकिन उसके कथनानुसार सईद को न कभी सुधरना था, न सुधरा, लेकिन बाप के स्वभाव के बिलकुल विपरीत सईद की मां का स्वभाव अत्यन्त कोमल था। उसे सईद से इतना प्यार था कि यदि किसी से उस प्यार की चर्चा की जाती, तो वास्तविकता के बजाय कहानी मालूम होती। सईद के हाथों उसने भी बहुत दुःख झेले थे, लेकिन जबान से कभी उफ न की थी। वह हमेशा यही कहती, 'मानती हूं कि मेरा लड़का फिजूलखर्च है। उसे आगे-पीछे का कुछ ख्याल नहीं। हठधर्मी भी है, लेकिन दिल का बड़ा नर्म और साफ है। तुम देख लेना, एक दिन मेरे सब दुःख दूर कर देगा।'

एकाएक मां-बाप का ख्याल आ जाने से सईद को उस वातावरण का भी ख्याल आया, जिसमें उसका पालन-पोषण हुआ था और इसके साथ ही उसके मुंह से फिर उखड़े-उखड़े बेजोड़ वाक्य निकलने लगे।

"···लेकिन जैसा कि मैं तुम्हें बता चुका हूं, मैं एक ऐसे माहौल में पला हूं, जहां सोचने और बोलने की आजादी बहुत बड़ी बदतमीजी समझी जाती है। जहां सच बात कहने वाला बेअदब कहलाता है और जहां अपनी ख्वाहिशों को दबाना बहुत बड़ा सवाब (पुण्य) समझा जाता है। इसमें मेरा क्या कसूर है···मैं···मैं···तुमसे और क्या कहूं? तुम खूबसूरत हो। तुम्हारी बातें भी मुझे अच्छी मालूम होती हैं। मैं भी बुरा नहीं, लेकिन फिर··फिर और यह तुम्हारा चुम्बन··यह तुम्हारा चुम्बन अभी तक मेरे होंठों पर चल रहा है। क्या यह हमेशा यूं ही चलता रहेगा?

फरिया ने उसकी ओर अर्थपूर्ण नजरों से देखा, फिर मुस्कराकर बोली, "एक और चुम्बन तुम्हारे होंठों पर चलाऊं? दो हो जाएंगे तो अच्छा रहेगा।"

यह सुनकर सईद ने थोड़ी देर सोचा और फिर कहा, "मिस फरिया, मैं तुमसे एक बात पूछूं?"

"बड़े शौक से। एक के बजाय दो पूछो, तीन पूछो और चाहो तो पूछते जाओ।"

"मैं पूछता हूं, क्या तुमसे प्रेम करना जरूरी है? मेरा मतलब है, क्या तुमसे प्रेम किए बगैर दोस्ती नहीं की जा सकती?"

"बड़ा अजीब सवाल है! भला प्रेम के बगैर दोस्ती कैसे हो सकती है और दोस्ती के बगैर प्रेम भी तो नहीं किया जा सकता। तुम बेकार उलझनों में फंस रहे हो।" यह कहते-कहते उसके गाल सुर्ख हो गए, "मैंने तो कभी ऐसी बातों के बारे में नहीं सोचा और ऐसी बातों के बारे में सोचता ही कौन है? सोच-विचार के लिए और बहुत-सी बातें हैं।"

"फरिया, मैं एक नई दुनिया की सरहदों पर खड़ा हूं। उसके अन्दर दाखिल होने से पहले मैं बहुस कुछ सोचना चाहता हूं लेकिन अजीब मुसीबत है कि सोच ही नहीं सकता। फिर भी सोचूंगा जरूर। इसके वगैर गुजारा नहीं होगा।"

फरिया के गाल और सुर्ख हो गए, "तुम बिल्कुल बच्चे हो। इसके वगैर ही अच्छी तरह गुजारा हो जाएगा। तुम··तुम··आखिर क्या चाहते हो?"

फरिया के इस प्रश्न ने सईद को परेशान कर दिया, "मैं···मैं···क्या चाहता हूं?···मैं चाहता हूं कि तुम मेरे पास रहो।"

यह कहकर सईद को ऐसा महसूस हुआ कि उसकी छाती एकदम खाली हो गई है। जैसे मोटर के टायर से हवा निकल गई हो। बड़ी घबराहट की हालत में वह उठा और तेजी से कमरे से बाहर निकल गया। फरिया बैठी रही। उसका ख्याल था कि वह शीघ्र ही लौट आएगा, लेकिन जब दस-पन्द्रह मिनट गुजर गए और सईद नहीं लौटा, तो उसने उठकर बाहर बॉलकनी में झांका। सईद वहां नहीं था। नीचे बाजार में नजर दौड़ाई, तो सईद वहां भी नजर न आया। फरिया को बड़ा आश्चर्य हुआ कि उसे अकेला छोड़कर वह कहां भाग गया है। वापस कमरे में आकर वह उसकी प्रतीक्षा करने लगी।

बड़े साहस से काम लेकर शाम के समय जब सईद वापस लौटा और कमरे में दाखिल होने लगा, तो दरवाजा अन्दर से बंद था। उसने हौले से खटखटाया। दरवाजा तुरन्त खुल गया और फरिया ने किवाड़ फिर से भेड़ते हुए कहा, "तुम्हें शर्म नहीं आती, इतनी देर के बाद घर वापस आए हो! खैर, ये बातें बाद में होंगी, पहले यह बताओ कि अब क्या खाएंगे और कहां खाएंगे? मुझे बड़ी भूख लगी है।"

उत्तर में वह फरिया से कुछ कहने ही वाला था कि उसकी नजरें लोहे के पलंग पर पड़ीं। बिस्तर बिछा हुआ था। तकिये पड़े थे। तकियों के पास ही उसका वह उपन्यास रखा था, जिसे उसने अभी तक आधा ही पढ़ा था। उसके बूटों के चारों जोड़े बड़े सलीके से एक पंक्ति में पलंग के नीचे रखे थे। चमड़े के सूटकेस घसीटकर कोने में रख दिए गए थे और सामने खिड़की पर उसका टाइमपीस रखा था। इधर दायें हाथ को जो गुसलखाना था, उसका दरवाजा खुला था और उसने देखा कि स्टैंड पर तौलिया लटक रहा है और इसके साथ ही उसे ऐसा लगा, जैसे वह एक समय से उस कमरे में आबाद है और फरिया को तो वह आदिकाल से जानता-पहचानता है। इस नई अनुभूति से उसे बड़ा आनन्द प्राप्त हुआ।

प्रसन्न होकर सईद ने कहा, "फरिया, भई, एक बात की कमी रह गई है। इधर जंगले पर तुम्हारे धुले हुए कपड़े लटकने चाहिए और साथ

वाला कमरा खाली पड़ा है, उसमें तुम्हारा शृंगार मेज होना चाहिए और उस पर पाउडर और क्रीमों के डिब्बे बिखरने चाहिए···और···और अगर एक पालना भी आ जाए, तो क्या हर्ज है? वल्लाह! पूरा खानदान जमा हो जाए और मैं···मैं···लेकिन मैं जरूरत से ज्यादा तो नहीं कह गया?"

फरिया ने बढ़कर उसके गले में अपनी बांहें डाल दी, "तुम बेकार बातों को अपने दिमाग में जगह न दिया करो। साथ वाला कमरा कल ही ले लेना चाहिए। शृंगार-मेज भी रहे, लेकिन यह पालने वाली बात गलत है। मुझे इतनी जल्दी पूरी औरत बनने की तमन्ना नहीं है और मेरा ख्याल है तुम भी बाप बनने के काबिल नहीं हो, लेकिन खाना खाने के बारे में तुम्हारा क्या ख्याल है? मैं कहती हूं, उसी होटल में आखिरी डिनर उड़ाया जाए, और किराया-विराया चुकाकर मैं अपना सामान यहां ले आऊं।"

यह सुनकर सईद घबरा गया। फरिया की बांहें अलग करते हुए बोला,"मगर··मगर इस कमरे में दो आदमियों की जगह कहां है?"

"हटाओ जी," फरिया ने अपना हैंडबैग खोलकर गालों पर पाउडर लगाते हुए कहा, "देखा जाएगा। इस कमरे में तो आधा दर्जन रोगी समा सकते हैं और हम तो सिर्फ दो हैं। दरअसल तुम बिल्कुल वह हो। तुम्हें कुछ मालूम नहीं कि घर-बार कैसे चलाया जाता है। चलो, अब बाहर चलें।"

आठ

सईद बहुत ही खुश था।

फरिया के साथ रहते हुए उसे पूरे दस दिन हो गए थे। साथ वाला छोटा कमरा भी उन्होंने किराये पर ले लिया था। शृंगार-मेज भी आ गया था और इधर दूसरे कमरे में एक छोटी तिपाई और तीन कुर्सियां भी लाकर रख दी गई थीं। जिन्दगी बड़े मजे से गुजर रही थी।

फरिया खुश थी कि उसे इतना अच्छा साथी मिल गया, जिसके मन में लेशमात्र भी धोखेबाजी नहीं थी और सईद खुश था कि उसे एक औरत मिल गई। जिन्दगी में पहली बार एक ऐसी औरत मिल गई, जिसे वह छूकर देख सकता था। बेतकल्लुफी से बातें कर सकता था। जो सलीका-मन्द थी और उसे खुश रखने के बहुत-से ढब जानती थी...

फरिया निःसंदेह बड़ी सलीकामंद थी, लेकिन सबसे बड़ी विशेषता उसमें यह थी कि उसके शारीरिक प्रेम में बड़ी वफादारी थी। ऐसी वफा-दारी, जो सदियों में दहकते कोयलों के भीतर दिखाई देती है। उन्हें एक-साथ रहते दस दिन गुजर गए थे, लेकिन दोनों को ही कुछ ऐसा महसूस होता था,जैसे वे हमेशा से इकट्ठे रहते आ रहे हों। फरिया अपने बारे में कुछ भी नहीं सोचना चाहती थी, लेकिन सईद के दिमाग में यह ख्याल कभी-कभी भिनभिनाती मक्खी की तरह दाखिल हो जाता था कि अगर उसके किसी सम्बन्धी या मित्र-मुलाकाती ने उन्हें एकसाथ देख लिया, तो क्या होगा? यह ख्याल आते ही उसे बड़ी उलझन होने लगती और एक

विचित्र-सी इच्छा उसके दिल में पैदा हो जाती कि सारी दुनिया एकदम थम जाए, वह स्वयं निश्चल, निश्चेष्ट हो जाए और सभी लोग निर्जीव पत्थरों का रूप धारण कर लें।

...और फिर वह सोचने लगता, मैं किसी का दबैल तो हूं नहीं। जैसे चाहूं अपनी जिन्दगी गुजार सकता हूं। लोगों को इससे क्या सरोकार? मैं अगर शराब पीना चाहता हूं, तो इसमें दूसरों के बाबा का क्या जाता है? मैं अगर किसी औरत को अपने साथ रखना चाहता हूं,तो इस में दूसरों की इजाजत लेने का मतलब ही क्या है? क्या मैं अपने किए का स्वयं जिम्मेदार नहीं?

लेकिन फिर वह सोचता कि इन बातों पर सोच-विचार करने से कुछ प्राप्त नहीं होगा। उसमें इतनी शक्ति कदापि नहीं है कि इस सामाजिक व्यवस्था की त्रुटियां दूर कर सके। वह एक साधारण व्यक्ति है, जिसकी कमजोर आवाज इस हंगामों-भरे संसार में कभी नहीं उभर सकती और इस कल्पना से वह चिंतित हो उठता कि एक न एक दिन वह पकड़ा जाएगा और उसे अपने मित्रों और सम्बन्धियों के सामने जलील होना पड़ेगा। सबसे कष्टप्रद बात तो यह थी कि उसे जबरदस्ती जलील होना पड़ेगा अर्थात् अपनी इच्छा के बिल्कुल विरुद्ध और वह बिल्कुल विवश होगा। उसकी सभी विद्रोही भावनाएं धरी की धरी रह जाएंगी। उसका सिर झुक जाएगा। बिना किसी लज्जा भाव के उसे लज्जित होना पड़ेगा।

और फिर एक दिन ऐसा ही हुआ। वे दोनों शाम को चार्ली चैप्लिन की फिल्म 'माडर्न टाइम्स' देखने गए। फिल्म समाप्त होने पर जब सिनेमा हाल से बाहर निकल रहे थे, तो एक आदमी ने बड़े गौर से उनकी ओर देखा। फरिया ने सईद से कहा, "यह आदमी तुम्हें घूर-घूरकर देख रहा है, तुम्हारा कोई दोस्त तो नहीं?"

सईद ने जब उस घूरने वाले की ओर देखा, तो जैसे जमीन उसके पैरों तले से निकल गई। यह उसका एक दूर का सम्बन्धी था, जो लाहौर ही के किसी कालेज में पढ़ता था। उसने सिर के इशारे से उसके सलाम का जवाब दिया और फरिया को वहीं छोड़, जल्दी से उस भीड़ में जा मिला, जो बड़े दरवाजे से निकल रही थी।

बाहर निकलकर जो पहला तांगा नजर आया, सईद लपककर उसमें जा बैठा। इतने में फरिया भी वहां पहुंच गई। जल्दी से उसे तांगे में बिठाकर उसने घर का रुख किया। रास्ते-भर उनमें कोई बात नहीं हुई, लेकिन ज्योंही वे कमरे में दाखिल हुए, फरिया बोली, "यह एकदम तुम्हें क्या हो गया है? वह कौन आदमी था, जिससे इस तरह डरकर तुम मुझे छोड़कर भाग गए?"

टोपी उतारकर सईद ने पलंग पर फेंक दी। बोला, "मैं उसका नाम तो नहीं जानता, लेकिन वह मेरा रिश्तेदार है। अब बात फैलते-फैलते न जाने कहां तक पहुंच जाएगी।"

फरिया जोर से हंसी, "बस? बस इतनी-सी बात को जनाब ने अफसाना बना दिया! अजी हटाओ, कौन-सी बात कहां तक पहुंचेगी! तुम बड़े वहमी हो। चलो, आओ इधर, मैं तुम्हारे गले पर मालिश कर दूं। इधर-उधर की बातें शुरू कर दोगे, तो मुझे याद नहीं रहेगा। कल से तुम्हारा गला खराब है। बस, अब मैं कुछ नहीं सुनूंगी। इस कुर्सी पर बैठ जाओ! ठहरो, कोट मैं उतार देती हूं।"

कोट और टाई उतारकर फरिया सईद के गले पर किसी तेल की मालिश करने लगी और कुछ देर के लिए वह अपने रिश्तेदार की मुठभेड़ को भूल गया।

मालिश करते-करते फरिया ने सईद से कहा, "अरे, डिनर खाना तो हम भूल ही गए। हड़बड़ाकर तुम यहां दौड़ आए और सारा प्रोग्राम अपसेट कर दिया। मेरा इरादा यह था कि सिनेमा के बाद खाना "स्टिफिल' में खाएंगे और यूं इतवार की तफरीह पूरी हो जाएगी। अब क्या ख्याल है?"

"मेरा ख्याल क्या पूछती हो? चलो, लेकिन मुझे तो भूख नहीं है और फिर मेरा गला भी खराब है।"

"तो ऐसा करो, भागकर नीचे से एक डबल रोटी ले आओ। थोड़ा-सा मक्खन और पनीर यहां पड़ा है, जैम भी है। दो टोस्ट तुम खा लेना, बाकी में खा लूंगी। यह अय्याशी भी बुरी नहीं। 'स्टिफिल' में खाना अगले इतवार सही।"

सईद डबल रोटी ले जाया। फरिया ने चुटकियों में तिपाई पर कपड़ा

बिछाकर डिनर लगा दिया और दोनों खाने लगे।

एक टोस्ट पर मक्खन लगाकर सईद को देते हुए फरिया ने कहा, "दिन अगर यूं ही बीतते जाएं, तो कितना अच्छा हो। मैं जिन्दगी से और कुछ नहीं मांगती, सिर्फ ऐसे दिन मांगती हूं, जो इस टोस्ट की तरह मक्खन लगे हों।"

सईद ने, जो अपनी होने वाली बदनामी के बारे में सोच रहा था, फरिया के चिकने गालों की ओर देखा और उसके दिल के एक कोने में यह इच्छा सरसराई कि वह उठकर उन्हें चूम ले, लेकिन सईद अभी कोई फैसला न कर पाया था कि फरिया मुस्कराती हुई उठी और अपने भरे-भरे होंठों को सईद के कांपते होंठों पर चिपका दिया और इसके साथ ही सईद को ऐसा महसूस हुआ, जैसे फरिया के बोझिल होंठों के स्पर्श ने झंझोड़कर उसकी आत्मा को स्वतन्त्र कर दिया हो और उसने बड़े जोर से फरिया को भींच लिया और फिर दूसरे ही क्षण वे दोनों लोहे के उस पलंग में डूब गए।

फरिया को सईद की हरकतें पसंद आई और उसने अपना बदन ढीला छोड़ दिया।

सहसा सईद को फरिया के इस ढीले समर्पण का अनुभव हुआ और जिस प्रकार थर्मामीटर को बर्फ दिखाने से उसका पारा नीचे गिर जाता है, उसी प्रकार सईद की सारी उष्णता उसके डरपोक मन में सिमट आई और माथे का पसीना पोंछता हुआ वह फरिया से अलग हो गया।

फरिया के जज्बात को बड़े जोर का धक्का लगा। भिंची हुई आवाज में उसने केवल इतना कहा, "क्या बात है, सईद?"

"कुछ नहीं," कहते हुए सईद की गर्दन झुक गई। स्वर लड़खड़ा गया, "मैं···मैं तुम्हारे···काबिल नहीं हूं।"

यह सुनकर फरिया के होंठ ममतामयी दुलार से खुले, "डार्लिंग," कहकर वह उठी और अपनी बांहें सईद की गर्दन में डालते हुए बोली, "बेवकूफ मत बनो!"

सईद ने उसी शिथिल स्वर में उत्तर दिया, "मैं खुद नहीं बनता। बेवकूफ या चुगद जो कुछ भी मैं हूं, मेरे माहौल का करिश्मा है," यह

कहते हुए उसने फरिया की बाहें हटाई। अब उसके स्वर में गम भी शामिल हो गया, "मुझमें और तुममें बहुत फर्क है। तुम आजाद माहौल की पैदावार हो और जैसा कि तुमने अभी कहा, तुम किसी जगह भी बेझिझक मुझे डार्लिंग कह सकती हो, लेकिन यहां अकेलेपन में भी तुम्हें डार्लिंग कहते हुए मेरी जबान लड़खड़ा जाएगी। तुम जानती हो कि तुम्हारा उपयोग क्या है, लेकिन मुझे मेरा उपयोग कुछ और ही बताया गया है। तुम्हारा जिस्म आजाद है, लेकिन मेरा जिस्म मेरे गलत माहौल की जंजीरों में जकड़ा हुआ है। तुम मुकम्मल हो और मुझे अधूरा छोड़ दिया गया है।"

फरिया, जिसके कानों में अभी तक सईद की हरकतों की प्रतिध्वनि भनभना रही थी, सईद की इन बेसिर-पैर की बातों का कुछ मतलब न समझी। बोली, "न जाने, तुम यह क्या कह रहे हो?"

सईद पलंग पर बैठ गया। जेब से सिगरेट निकालकर उसने फरिया, की ओर देखा, जिसके आलिंगन में से वह अभी-अभी निकला था और इस अनुभव से कि अपनी और फरिया की नैसर्गिक इच्छा को उसने अधूरा छोड़ दिया था, उसे बड़ी आत्मग्लानि हुई। बोला, "तुम मेरी उलझी हुई बातें नहीं समझोगी, फरिया, क्योंकि तुम्हारी जिन्दगी के तार बिल्कुल सीधे हैं, लेकिन यहां, मेरे दिमाग में उलझाव के सिवा और कुछ है ही नहीं। मैं पहले भी तुमसे कह चुका हूं और एक बार फिर कहता हूं फरिया, कि मैं तुम्हारे काबिल नहीं हूं।"

"लेकिन क्यों?" फरिया ने चिढ़कर पूछा।

"बताता हूं, लेकिन इससे पहले तुम मुझसे यह पूछो कि क्या मैं तुम्हें अपनी बीवी बनाकर अपने घर ले जा सकता हूं?"

"लेकिन मैंने तुमसे कब कहा है कि मुझसे शादी करो?"

सईद ने सिगरेट सुलगाया और कुछ सोचकर बोला, "ठीक है, तुमने मुझसे ऐसा नहीं कहा, लेकिन मैंने कई बार अपने दिल से यही सवाल किया है और मुझे हमेशा यही जवाब मिला है कि सईद! तुममें इतना जीवट नहीं है। जब मेरे सवाल का यही बुजदिलाना जवाब है, तो बताओ मैं किस तरह तुम्हारी मेहरबानियों के काबिल हूं?"

फरिया के जज्बात बोल उठे, "क्या हम शादी के बगैर एक-दूसरे से

प्रेम नहीं कर सकते?"

यह सुनकर सईद के दिल में सिमटी हुई उष्णता थोड़ी-सी फैली, लेकिन तुरन्त ही वह फरिया के पहलू से उठ खड़ा हुआ, "नहीं।"

"क्यों?"

"इसलिए कि मैं यहां चोरों की तरह रहता हूं। आज ही की मिसाल ले लो। सिनेमा के बाहर एक रिश्तेदार को देखकर, जिसका नाम भी मुझे मालूम नहीं, मैं बौखला उठा था और मैंने तुम्हें इस तरह नजरअंदाज कर दिया था, जैसे तुम मेरे लिए बिल्कुल अजनबी हो। ऐसे जलील आदमी के साथ रहकर तुम्हें जिन्दगी का क्या लुत्फ मिल सकता है, जो अभी-अभी औरत की प्यार-भरी आगोश[1] जैसी ने'मत[2] को ठुकराकर एक तरफ हट गया है?"

फरिया मुस्कराती हुई पलंग से उठी और उसने एक बार फिर अपनी बांहें सईद के गले में डाल दी, "तुम बड़े अच्छे हो, सईद, सच बात तो यह है कि मैं ही प्रेम करना नहीं जानती।"

फरिया के इस भोलेपन ने सईद की घायल आत्मा पर एक और कोड़ा बरसाया। उसने बड़ी कोमलता से फरिया के उलझे हुए बाल संवारे और कहा, "नहीं, यह मेरा कुसूर है और मैं एक मुद्दत से इसकी सजा भुगत रहा हूं। तुमसे अलग हुआ, तो यह सजा बामुशक्कत हो जाएगी।"

फरिया चीख उठी, "तुम मुझे छोड़ दोगे?"

सईद उत्तर में केवल इतना कह सका, "मुझे अपने-आप से यही उम्मीद है।

फरिया बिलख-बिलखकर रोने लगी। सईद कुछ देर के लिए चुपचाप खड़ा रहा, लेकिन इन गिनती के क्षणों में उसके दिल में सिमटी हुई उष्णता उसके पूरे शरीर में फैल गई। अपनी लाल-लाल आंखों से उसने फरिया की ओर देखा और आगे बढ़कर अपने जलते हुए होंठ उसके होंठों पर दाग दिए और इस बार सचमुच वे दोनों लोहे के उस पलंग में डूब गए।

---

1. आलिंगन 2. ईश्वर प्रदत्त वस्तु

मम्मी

उसका नाम मिसेज स्टैला जैक्सन था, मगर सब उसे मम्मी कहते थे। दर्मियाने कद की अधेड़ उम्र की स्त्री थी। उसका पति जैक्सन प्रथम महायुद्ध में मारा गया था। उसकी पेंशन स्टैला को लगभग दस वर्ष से मिल रही थी।

वह पूना में कैसे आई, कब से वहां थी, इसके बारे में मुझे कुछ मालूम नहीं। दरअसल मैंने उसके बारे में कुछ जानने की कभी कोशिश नहीं की। वह इतनी दिलचस्प स्त्री थी कि उससे मिलकर सिवाय उसके व्यक्तित्व के और किसी चीज से दिलचस्पी नहीं रहती थी। उससे कौन सम्बन्धित है, यह जानने की आवश्यकता ही महसूस न होती थी, क्योंकि वह पूना के जर्रे-जर्रे से परिचित थी। हो सकता है कि यह एक हद तक अतिशयोक्ति हो, लेकिन मेरे लिए पूना वही पूना है। उसके वही कण उसके तमाम कण हैं, जिनके साथ मेरी कुछ यादें जुड़ी हुई हैं और मम्मी का विचित्र व्यक्तित्व उनमें से हर एक में विद्यमान है।

उससे मेरी पहली मुलाकात पूना में ही हुई। मैं बहुत ही सुस्त किस्म का आदमी हूं। यूं घुमक्कड़ी की बड़ी-बड़ी उमंगें मेरे दिल में मौजूद हैं और अगर आप मेरी बातें सुनें तो आपको लगेगा कि मैं कंचनजंघा या हिमालय की इसी तरह की किसी अन्य चोटी को लांघने के लिए निकल जाने वाला हूं। ऐसा हो सकता है, लेकिन इससे भी अधिक संभावना इस बात की है कि वह चोटी लांघकर मैं वहीं का हो रहूं।

खुदा जाने कितने बरसों से बम्बई में था। आप इससे अंदाजा लगा सकते हैं कि जब मैं पूना गया, तो बीवी मेरे साथ थी। एक लड़का हुआ था। उसको मेरे करीब-करीब चार बरस हो गए थे। इस बीच मैं···ठहरिए, मैं हिसाब लगा लूं···आप यह समझ लीजिए कि आठ बरस से बम्बई में था, लेकिन उस बीच मुझे वहां का विक्टोरिया गार्डन और म्यूजियम देखने की भी फुर्सत नहीं मिली थी। यह तो केवल संयोग की बात थी कि मैं एकदम पूना जाने के लिए तैयार हो गया। जिस फिल्म कम्पनी में नौकर था, उसके मालिकों से एक मामूली-सी बात पर मनमुटाव हो गया और मैंने सोचा कि यह कटुता दूर करने के लिए पूना हो आऊं। वह भी इसलिए कि वह पास था और मेरे कुछ मित्र वहां रहते थे।

मुझे प्रभात नगर जाना था, जहां मेरा फिल्मों का एक पुराना साथी रहता था। स्टेशन से बाहर निकलने पर मालूम हुआ कि वह जगह काफी दूर है, लेकिन तब तक हम तांगा ले चुके थे।

सुस्त रफ्तार से चलने वाली चीजों से मेरी तबीयत बहुत घबराती है, लेकिन मैं अपने दिल की चिंता को दूर करने के लिए यहां आया था, इसलिए मुझे प्रभात नगर जाने की बहुत जल्दी थी। तांगा बहुत ही वाहियात किस्म का था, अलीगढ़ के इक्कों से भी ज्यादा वाहियात, जिनमें हर समय गिरने का खतरा बना रहता है। घोड़ा आगे चलता है और सवारियां पीछे। एक-दो गर्द से अटे बाजारों और सड़कों को पार करते-करते मेरी तबीयत घबरा गई। मैंने अपनी बीवी से मशवरा किया और पूछा कि ऐसी हालत में क्या करना चाहिए? उसने कहा कि धूप तेज है। मैंने जो और तांगे देखे हैं, वे भी इसी तरह के हैं। अगर इसे छोड़ दिया, तो पैदल चलना होगा, जो जाहिर है कि इस सवारी से ज्यादा तकलीफदेह है। बात ठीक थी। धूप सचमुच बहुत तेज थी।

घोड़ा एक फर्लांग आगे बढ़ा होगा कि पास से वैसा ही वाहियात किस्म का तांगा गुजरा। मैंने सरसरी तौर पर उधर देखा। तभी एकदम कोई चिल्लाया, "ओए मंटो के घोड़े!"

मैं चौंक पड़ा। चड्ढा था, एक घिसी हुई मेम के साथ। दोनों साथ-साथ जुड़कर बैठे थे। मेरी पहली प्रतिक्रिया बड़ी दुखद थी कि चड्ढे की

न्सो दर्यप्रियता कहां गई, जो ऐसी लाल लगामी[1] के साथ बैठा है। उम्र का ठीक अंदाज तो मैंने उस समय नहीं किया था, मगर उस स्त्री की झुर्रियां पाउडर और रूज की तहों में से भी साफ दिखाई देती थीं। इतना शोख मेकअप था कि देखने से आंखों को कष्ट होता था।

मैंने चड्ढे को काफी समय के बाद देखा था। वह मेरा बेतकल्लुफ दोस्त था। 'ओए मंटो के घोड़े!' के जवाब में मैंने भी कुछ इसी किस्म का नारा लगाया होता, लेकिन उस स्त्री को उसके साथ देखकर मेरी सारी बेतकल्लुफी झीर-झीर हो गई।

मैंने अपना तांगा रुकवा लिया। चड्ढे ने भी अपने कोचवान को ठहरने के लिए कहा, फिर उसने उस स्त्री से अंग्रेजी में कहा, "मम्मी, जस्ट ए मिनिट।"

तांगे से कूदकर वह मेरी ओर अपना हाथ बढ़ाते हुए चिल्लाया, "तुम!–तुम यहां कैसे आए?" फिर अपना बढ़ा हुआ हाथ बड़ी बेतकल्लुफी से मेरी पुरतकल्लुफ बीवी से मिलाते हुए कहा, "भाभीजान, आपने कमाल कर दिया! इस गुलमुहम्मद को आखिर आप खींचकर यहां ले ही आईं!".

मैंने उससे पूछा, "तुम जा कहां रहे हो?"

चड्ढे ने ऊंचे स्वर में कहा, "एक काम से जा रहा हूं। तुम ऐसा करो, सीधे···" वह एकदम पलटकर मेरे तांगे वाले से मुखातिब हुआ, "देखो, साहब को हमारे घर ले जाओ। किराया-विराया मत लेना इनसे।" उधर से तुरंत ही निपटकर उसने निश्चिंत-सा होकर मुझसे कहा, "तुम जाओ, नौकर वहां होगा, बाकी तुम देख लेना।"

और वह फुदककर अपने तांगे में उस बूढ़ी मेम के साथ जा बैठा, जिसको उसने मम्मी कहा था। इससे मुझे एक प्रकार का सन्तोष हुआ था, बल्कि यूं कहिए कि जो बोझ एकदम उन दोनों को साथ-साथ देखकर मेरे सीने पर आ पड़ा था, काफी हद तक हलका हो गया था।

उसका तांगा चल पड़ा। मैंने अपने तांगे वाले से कुछ न कहा। तीन

---

1. बूढ़ी घोड़ी लाल लगाम (मुहावरा).

या चार फर्लांग चलकर वह एक डाक बंगले की तरह की इमारत के पास रुका और नीचे उतरकर बोला, "चलिए साहब..."

मैंने पूछा, "कहां?"

उसने जवाब दिया, "चड्ढा साहब का मकान यही है।"

"ओह!" मैंने प्रश्नवाचक दृष्टि से अपनी बीवी की ओर देखा। उसके तेवरों ने मुझे बताया कि वह चड्ढे के मकान में रहने के हक में नहीं थी। उसको यकीन था कि मुझको वहां पीने-पिलाने वाले दोस्त मिल जाएंगे। मन:संताप दूर करने का बहाना पहले से ही मोजूद है, इसलिए रात-दिन उड़ेगी। मैं तांगे से उतर गया। छोटा-सा अटैची केस था, वह मैंने उठाया और अपनी बीवी से कहा, "चलो।"

वह शायद मेरे तेवरों से भांप गई थी कि हर हालत में उसे मेरा फैसला मानना होगा, इसलिए उसने कोई हील-हुज्जत न की और चुपचाप मेरे साथ चल पड़ी।

बहुत मामूली किस्म का मकान था। ऐसा मालूम होता था कि मिलिट्री वालों ने टेम्परेरी तौर पर एक छोटा-सा बंगला बनाया था। कुछ दिन उसे इस्तेमाल किया और फिर छोड़कर चलते बने। चूने और कीच का काम बड़ा कच्चा था। जगह-जगह से पलस्तर उखड़ा हुआ था और घर के भीतर का भाग वैसा ही था, जैसाकि एक लापरवाह कुंआरे का हो सकता है, जो फिल्मों का हीरो हो और ऐसी कम्पनी में नौकर हो, जहां महीने की तनख्वाह हर तीसरे महीने मिलती हो और वह भी कई किस्तों में।

मुझे इस बात का पूरा अहसास था कि वह स्त्री, जो बीवी हो, ऐसे गंदे वातावरण में निश्चय ही परेशानी और घुटन महसूस करेगी, लेकिन मैंने सोचा था कि चड्ढा आ जाए तो उसके साथ ही प्रभात नगर चलेंगे। वहां जो मेरा फिल्मों का पुराना साथी रहता था, उसकी बीवी और बाल-बच्चे भी थे। वहां के वातावरण में मेरी बीवी जैसे-तैसे दो-तीन दिन काट सकती थी।

नौकर भी अजीब बेफिक्रा आदमी था। जब हम उस घर में पहुंचे, तो सब दरवाजे खुले थे और वह मौजूद नहीं था। जब वह आया, तो उसने हमारी मौजूदगी की ओर कोई ध्यान न दिया, जैसे हम बरसों से वहीं बैठे

थे और इसी तरह बैठे रहने का का इरादा किए हुए थे।

जब वह कमरे में प्रवेश कर हमें देखे बिना पास से गुजर गया, तो मैंने समझा कि कोई मामूली एक्टर है, जो चड्ढा के साथ रहता है; लेकिन जब मैंने उससे नौकर के बारे में पूछताछ की, तो मालूम हुआ कि वही हजरत चड्ढा के चहेते नौकर थे।

मुझे और मेरी बीवी दोनों को प्यास लग रही थी। उससे पानी लाने को कहा तो वह गिलास ढूंढ़ने लगा। बड़ी देर के बाद उसने एक टूटा हुआ जग अलमारी के नीचे से निकाला और बड़बड़ाया, "रात एक दर्जन गिलास साहब ने मंगवाए थे, मालूम नहीं किधर गए।"

मैंने उसके हाथ में पकड़े हुए जग की ओर इशारा किया, "क्या आप इसमें तेल लेने जा रहे हैं?"

'तेल लेने जाना' बम्बई का एक खास मुहावरा है। मेरी बीवी इसका मतलब न समझी, मगर हंस पड़ी। नौकर बौखला गया, "नहीं साहब··· मैं···तलाश कर रहा था कि गिलास कहां है।"

मेरी बीवी ने उसको पानी लाने से मना कर दिया। उसने वह टूटा हुआ जग वापस अलमारी के नीचे इस तरह से रखा कि जैसे वही उसकी जगह थी, अगर उसे कहीं और रख दिया, तो सारी व्यवस्था अस्त-व्यस्त हो जाएगी। इसके बाद वह यूं कमरे से बाहर निकला, जैसे उसे मालूम था कि हमारे मुंह में कितने दांत हैं।

मैं पलंग पर बैठा था, जो शायद चड्ढा का था। इससे कुछ दूर हटकर दो आराम कुर्सियां थीं। उनमें से एक पर मेरी बीवी बैठी पहलू बदल रही थी। काफी देर तक हम दोनों खामोश रहे। इतने में चड्ढा आ गया। वह अकेला था। उसको इस बात का बिलकुल अहसास नहीं था कि हम उसके मेहमान हैं और इस लिहाज से उसे हमारी खातिरदारी करनी चाहिए। कमरे में दाखिल होते ही उसने मुझसे कहा, "बेट इज वेट। तो तुम आ गए ओल्ड ब्वाय! चलो, जरा स्टूडियो तक हो आएं। तुम साथ होगे तो एडवांस मिलने में आसानी हो जाएगी···आज शाम को···" मेरी बीवी पर उसकी नजर पड़ी तो वह रुक गया और खिलखिलाकर हंसने लगा। "भाभीजान, कहीं आपने इसे मौलवी तो नहीं बना दिया?" फिर और जोर

से हंसा, "मौलवियों की ऐसी-तैसी! उठो मंटो, भाभीजान यहां बैठती हैं, हम अभी आ जाएंगे।"

मेरी बीवी जल-भुनकर पहले कोयला थी, तो अब बिलकुल राख हो गई थी। मैं उठा और चड्ढा के साथ हो लिया। मुझे मालूम था कि थोड़ी देर तक क्रोधित होकर वह सो जाएगी। अतः यही हुआ। स्टूडियो पास ही था। अफरा-तफरी में मेहता जी के सिर चढ़कर चड्ढा ने दो सौ रुपये वसूल कर लिए और पौन घंटे में जब हम वापस आए, तो देखा कि वह बड़े मजे से आराम कुर्सी पर सो रही थी। हमने उसे परेशान करना उचित न समझा और दूसरे कमरे में चले गए, जो कबाड़खाने से मिलता-जुलता था। इसमें जो चीजें थीं, वे अजीब तरीके से टूटी हुई थीं, जो सब मिलकर एक पूर्णता का दृश्य प्रस्तुत कर रही थीं।

हर चीज पर गर्द जमी थी और उस जमी हुई गर्द में भी एक प्रकार का अपनापन था, जैसे उसकी मौजूदगी उस कमरे में जरूरी हो। चड्ढा ने तुरन्त ही अपने नौकर को ढूंढ़ निकाला और उसे सौ रुपये का नोट देकर कहा, "चीन के शहजादे! दो बोतलें थर्ड क्लास रम की ले आओ··· मेरा मतलब है, 'थ्री एक्स' रम की और आधा दर्जन गिलास।"

मुझे बाद में मालूम हुआ कि उसका नौकर सिर्फ चीन का ही नहीं, दुनिया के हर बड़े देश का शहजादा था। चड्ढे की जबान पर जिस देश का नाम आ जाता, वह उसी का शहजादा बन जाता था। उस समय का चीन का शहजादा सौ का नोट उंगलियों से खड़बड़ाता चला गया।

चड्ढा ने टूटे हुए स्प्रिगों वाले पलंग पर बैठकर अपने होंठ थ्री एक्स रम के स्वागत में चटखारते हुए कहा, "वेट इज वेट···आफ्टर ऑल, तुम इधर आ ही निकले।" फिर एकदम चिन्तित होकर बोला, "यार, भाभी का क्या होगा? वह तो घबरा जाएंगी!"

चड्ढा बिना बीवी के था, मगर उसको दूसरों की बीवियों का बहुत ख्याल रहता था। वह उनका इतना सम्मान करता था, मानो सारी उम्र कुंवारा रहना चाहता था। वह कहा करता था, 'यह हीनता भाव है, जिसने मुझे अब तक इस ईश्वरीय सौगात से अलग रखा है। जब शादी का सवाल आता है, तो फौरन तैयार हो जाता हूं, लेकिन बाद में यह सोचकर कि मैं

बीवी के काबिल नहीं हूं, सारी तैयारी 'कोल्ड स्टोरेज' में डाल देता हूं।"

रम बहुत जल्दी आ गई, गिलास भी। चड्ढा ने छः मंगवाए थे और चीन का शहजादा तीन लाया था, बाकी तीन रास्ते में टूट गए थे। चड्ढे ने उनकी कोई परवाह न की और भगवान को धन्यवाद दिया कि बोतलें सलामत रहीं। एक बोतल जल्दी-जल्दी खोलकर उसने कोरे गिलासों में रम डाली और कहा, "तुम्हारे पूना आने की खुशी में!"

हम दोनों ने लम्बे-लम्बे घूंट भरे और गिलास खाली कर दिए।

दूसरा दौर शुरू करके चड्ढा उठा और कमरे में देखकर आया कि मेरी बीवी अभी तक सो रही है। उसको बहुत तरस आया। कहने लगा, "मैं शोर करता हूं,उनकी नींद खुल जाएगी···फिर ऐसा करेंगे···ठहरो··· पहले मैं चाय मंगवाता हूं," यह कहकर उसने रम का एक छोटा-सा घूंट लिया और नौकर को आवाज दी, "जमैका के शहजादे!"

जमैका का शहजादा तुरन्त आ गया। चड्ढे ने उससे कहा, "देखो, मम्मी से कहो, एकदम फर्स्ट क्लास चाय तैयार करके भेज दे।"

नौकर चला गया। चड्ढे ने अपना गिलास खाली किया और शरीफाना पेग डालकर कहा, "मैं इस वक्त ज्यादा नहीं पीऊंगा। पहले चार पेग मुझे बहुत जज्बाती बना देते हैं। मुझे भाभी को छोड़ने तुम्हारे साथ प्रभात नगर जाना है।"

आधे घंटे के बाद चाय आ गई। बहुत साफ बरतन थे और बड़े सलीके से ट्रे में रखे हुए थे। चड्ढे ने टीकोजी उठाकर चाय की खुशबू सूंघी और प्रसन्नता प्रकट करता हुआ बोला, "मम्मी इज ए ज्यूल···" फिर उसने इथोपिया के शहजादे पर बरसना शुरू कर दिया। उसने इतना शोर मचाया कि मेरे कान बिलबिला उठे। इसके बाद उसने ट्रे उठाई और मुझसे कहा, "आओ!"

मेरी बीवी जाग रही थी। चड्ढा ने ट्रे बड़ी सफाई से टूटी हुई तिपाई पर रखी और बड़े अदब से कहा, "हाजिर है बेगम साहबा!"

मेरी बीवी को यह मजाक पसन्द न आया, लेकिन चाय का सामान चूंकि साफ-सुथरा था, इसलिए उसने इनकार न किया और दो प्यालियां पी लीं। इनसे उसको कुछ ताजगी मिली। इसके बाद हम दोनों की ओर

मुड़कर उसने रहस्यपूर्ण स्वर में कहा, "आप अपनी चाय तो पहले ही पी चुके हैं!"

मैंने जवाब न दिया, मगर चड्ढे ने झुककर बड़ी ईमानदारी दशते हुए कहा, "जी हां, यह गलती हमसे हो चुकी है, लेकिन हमें यकीन था कि आप जरूर माफ कर देंगी।"

मेरी बीवी मुस्कराई, तो वह खिलखिलाकर हंसा, "हम दोनों बहुत ऊंची नस्ल के सुअर हैं, जिन पर हर हराम चीज हलाल है। चलिए, अब हम आपको मस्जिद तक छोड़ आएं।"

मेरी बीवी को फिर चड्ढा का यह मजाक पसन्द न आया। वास्तव में उसको चड्ढा ही से घृणा थी या यूं कहिए कि उसे मेरे हर दोस्त से घृणा थी और चड्ढा उनमें सबसे ज्यादा खलता था, क्योंकि कभी-कभी वह बेतकल्लुफो की हदें भी फांद जाता था, लेकिन चड्ढा को इसकी कोई परवाह नहीं थी। मेरा खयाल है कि उसने कभी इसके बारे में सोचा ही नहीं था। वह ऐसी बेकार की बातों में दिमाग खर्च करना एक ऐसा 'इन डोर गेम' समझता था, जो लूडो से कहीं अधिक बेमानी होती है। उसने मेरी बीवी के बिगड़े तेवरों को बड़ी खुश-खुश नजरों से देखा और नौकर को आवाज दी, "ओ कबाबिस्तान के शहजादे! एक अदद तांगा लाओ। रोल्स रायस किस्म का।"

कबाबिस्तान का शहजादा चला गया और साथ ही चड्ढा भी। वह शायद दूसरे कमरे में गया था। एकान्त मिला, तो मैंने अपनी बीवी को समझाया कि कवाब होने की कोई जरूरत नहीं। आदमी की जिन्दगी में ऐसे क्षण आ ही जाया करते हैं, जिनका कभी खयाल तक नहीं आता। उनसे गुजरने का सबसे अच्छा तरीका यही है कि उनको गुजर जाने दिया जाए, लेकिन नियमानुसार उसने मेरी इस सीख पर कोई ध्यान नहीं दिया और बड़बड़ाती रही। इतने में कबाबिस्तान का शहजादा रोल्स रायस किस्म का तांगा लेकर आ गया और हम प्रभात नगर के लिए चल पड़े।

बहुत ही अच्छा हुआ कि मेरा फिल्मों का पुराना साथी घर में मौजूद नहीं था, उसकी बीवी थी। चड्ढे ने मेरी बीवी उसके सुपुर्द की और कहा, "खरबूजा खरबूजे को देखकर रंग पकड़ता है। बीवी बीवी को देखकर रंग

"पकड़ती है, यह हम अभी आकर देखेंगे।" फिर वह मुझसे बोला, "चलो मंटो, स्टूडियो में तुम्हारे दोस्त को पकड़ें।"

चड्ढा कुछ ऐसी हडबोंग मचा दिया करता था कि दूसरों को सोचने-समझने का बहुत कम मौका मिलता था। उसने मेरी बांह पकड़ी और बाहर ले गया और मेरी बीवी सोचती ही रह गई। तांगे में सवार होकर अब चड्ढे ने कुछ सोचने के ढंग में कहा, "यह तो हो गया, अब क्या प्रोग्राम है?" फिर खिलखिलाकर हंसा, "मम्मी ''ग्रेट मम्मी!"

मैं उससे पूछने ही वाला था कि यह मम्मी किस चिड़ीमार की औलाद है कि चड्ढे ने बातों का ऐसा सिलसिला शुरू कर दिया कि मेरा प्रश्न बेमौत मर गया।

तांगा वापस उस डाकबंगलेनुमा कोठी पर पहुंचा, जिसका नाम सईदा कॉटेज था, लेकिन चड्ढा उसको 'रंजीदा कॉटेज' कहा करता था, क्योंकि उसमें रहने वाले सबके सब रंजीदा (चिंतित) रहते हैं। हालांकि यह गलत था, जैसाकि मुझे बाद में मालूम हुआ।

उस कॉटेज में काफी आदमी रहते थे, हालांकि ऊपरी ढंग से देखने में यह जगह बिलकुल गैरआबाद मालूम होती थी। सबके सब उसी फिल्म कम्पनी के नौकर थे, जो महीने की तनख्वाह हर तीन महीने बाद देती थी और वह भी कई किस्तों में। एक-एक करके जब वहां के निवासियों से मेरा परिचय हुआ, तो पता चला कि सबके सब असिस्टेंट डायरेक्टर थे, कोई चीफ असिस्टैंट डायरेक्टर, कोई उसका सहायक और कोई उस सहायक का सहायक। हर दूसरा किसी पहले का सहायक था और अपनी निजी फिल्म कम्पनी की नींव डालने के लिए पैसा इकट्ठा कर रहा था। अपने पहनावे और हाव-भाव से हर कोई हीरो मालूम होता था। कंट्रोल का जमाना था, लेकिन किसीके पास राशन कार्ड नहीं था। वे चीजें भी, जो थोड़ी-सी तकलीफ के बाद आसानी से कम कीमत पर मिल सकती थीं, ये लोग ब्लैक मार्केट से खरीदते थे। पिक्चर जरूर देखते थे, रेस का जमाना होता, तो रेस खेलते थे, नहीं तो सट्टा। जीतते कभी-कभार ही थे, लेकिन हारते हर रोज थे।

सईद कॉटेज की आबादी बहुत धनी थी। चूंकि जगह कम थी, इसलिए

मोटर गैरेज भी रहने के काम में लाया जाता था। उसमें एक फैमिली-रहती थी। शीरीं नाम की एक स्त्री थी, जिसका पति शायद एकरूपता तोड़ने के लिए असिस्टैण्ट डायरेक्टर नहीं था। वह उसी फिल्म कम्पनी में नौकर था, लेकिन मोटर ड्राइवर था। मालूम नहीं वह कब आता था और कब जाता था, क्योंकि मैंने उस शरीफ आदमी को वहां कभी नहीं देखा। शीरीं का एक छोटा-सा लड़का भी था, जिसको सईदा कॉटेज के सभी निवासी फुरसत के समय प्यार करते। शीरीं, जो काफी सुन्दर थी, अपना अधिकतर समय गैरेज में गुजारती थी।

कॉटेज का सम्मानित भाग चड्ढा और उसके दो साथियों के पास था। ये दोनों भी एक्टर थे, लेकिन होरो नहीं थे। एक सईद था, जिसका फिल्मी नाम रंजीतकुमार था। चड्ढा कहा करता था कि सईद कॉटेज उसी गधे के नाम से प्रसिद्ध है अन्यया उसका नाम 'रंजीदा कॉटेज' ही था। वह काफी सुन्दर और कम बोलने वाला था। चड्ढा कभी-कभी उसे कछुआ कहा करता था, क्योंकि वह हर काम बहुत धीरे-धीरे करता था।

दूसरे एक्टर का नाम मालूम नहीं क्या था, लेकिन सब उसे गरीब-नवाज कहते थे। वह हैदराबाद के एक खाते-पीते घराने से सम्बन्ध रखता था और एक्टिग के शौक में यहां चला आया था। तनख्वाह ढाई सौ रुपये माहवार मुकर्रर थी, लेकिन उसे नौकर हुए एक बरस हो गया था और इस बीच उसने केवल एक बार ढाई सौ रुपये एडवांस के रूप में लिए थे वह भी चड्ढा के लिए, जिसे एक खूंख्वार पठान की अदायगी करनी थी। ऊटपटांग किस्म की भाषा में फिल्मी कहानियां लिखना उसका शगल था और कभी-कभी वह शायरी भी कर लिया करता था। कॉटेज का हर आदमी उसका ऋणी था।

शकील और अकील दो भाई थे। दोनों किसी असिस्टैंट डायरेक्टर के असिस्टैंट थे और सबकी तरह अपनी फिल्म कम्पनी बनाने के लिए पैसे जुटाने के चक्कर में थे।

तीन बड़े यानी चड्ढा, सईद और गरीबनवाज शीरीं का बहुत खयाल रखते थे, लेकिन तीनों कभी इकट्ठे गैरेज में नहीं जाते थे। हालचाल पूछने का उनका कोई समय भी निश्चित न था। तीनों जब कॉटेज के बड़े कमरे

में इकट्ठे होते, तो उनमें से एक उठकर गैरेज में चला जाता और कुछ देर वहां बैठकर शीरीं से घरेलू मामलों पर बातचीत करता रहता। बाकी दो अपने-अपने काम में लगे रहते।

जो असिस्टैंट किस्म के लोग थे, वे शीरीं का हाथ बटाया करते थे। कभी उसको बाजार से सौदा-सुलफ ला दिया, कभी लांड्री में उसके धुलने दे आए और कभी उसके रोते बच्चे को बहला दिया। उनमें से 'रंजीदा' कोई भी न था, सबके सब प्रसन्न थे। अपनी कठिन परिस्थितियों की चर्चा भी करते तो बड़े उल्लास से। इसमें कोई सन्देह नहीं कि उनकी जिन्दगी बड़ी दिलचस्प थी।

हम कॉटेज के गेट में दाखिल होने जा रहे थे कि गरीबनवाज साहब बाहर आ रहे थे। चड्ढे ने उनकी ओर ध्यान से देखा और अपनी जेब में हाथ डालकर नोट निकाले। बिना गिने उसने कुछ गरीबनवाज को दे दिए और कहा, "चार बोतलें स्कॉच की चाहिए। कमी आप पूरी कर दीजिएगा, बेशी हों, तो मुझे वापस मिल जाएं।"

गरीबनवाज के हैदराबादी होंठों पर गहरी सांवली मुस्कराहट आ गई। चड्ढा खिलखिलाकर हंसा और मेरी ओर देखकर उसने गरीबनवाज से कहा, "यह मिस्टर मंटो हैं···लेकिन इनसे तफसीली मुलाकात की इजाजत इस वक्त नहीं मिल सकती। यह रम पिए हैं। शाम को स्कॉच आ जाए तो···लेकिन आप जाइए।"

गरीबनवाज चला गया। हम अन्दर दाखिल हुए। चड्ढे ने एक जोर की जम्हाई ली और रम की बोतल उठाई,जो आधी से ज्यादा खाली थी। उसने रोशनी में उसकी मात्रा का सरसरी तौर पर अनुमान लगाया और नौकर को आवाज दी, "कजाकिस्तान के शहजादे!" जब वह न आया तो उसने अपने गिलास में एक बड़ा पेग डालते हुए कहा, "ज्यादा पी गया है कम्बखत!"

गिलास खत्म करते हुए वह कुछ चिन्तित हो गया, "यार, भाभी को तुम ख्वाहमख्वाह यहां लाए। खुदा कसम, मुझे अपने सीने पर एक बोझ-सा महसूस हो रहा है," फिर स्वयं ही उसने अपने को धैर्य बंधाया, "लेकिन मेरा ख्याल है कि वे बोर नहीं होंगी वहां।"

मैंने कहा, "हां, वहां रहकर वह मेरे कत्ल का जल्दी इरादा नहीं कर सकती।" यह कहकर मैंने अपने गिलास में रम डाली, जिसका स्वाद बुसे हुए गुड़ जैसा था।

जिस कबाड़खाने में हम बैठे थे, उसमें सलाखों वाली दो खिड़कियां थीं, जिनसे बाहर का खाली-खाली-सा भाग नजर आता था। इधर से किसी ने चड्ढे का नाम लेकर जोर से पुकारा। मैं चौंक पड़ा और देखा कि म्यूजिक डायरेक्टर वनकसरे है। कुछ समझ में नहीं आता था कि वह किस नस्ल का है। मंगोल है, हब्शी है, आर्य है या क्या बला है! कभी-कभी उसके नख-शिख को देखकर आदमी किसी परिणाम पर पहुंचने ही वाला होता था कि उसके बदले में कोई ऐसा चिह्न नजर आ जाता कि तुरंत ही नये सिरे से विचार करना पड़ जाता। वैसे वह मराठा था, लेकिन शिवाजी की तीखी नाक के बजाय उसके चेहरे पर बड़े आश्चर्यजनक ढंग से मुड़ी हुई चपटी नाक थी, जो उसके विचारानुसार उन सुरों के लिए बहुत जरूरी थी, जिनका सीधा सम्बन्ध नाक से होता है। उसने मुझे देखा, तो चिल्लाया, "मंटो सेठ!"

चड्ढे ने उससे ज्यादा ऊंची आवाज में कहा, "सेठ की ऐसी-तैसी, चल, अन्दर आ!"

वह तुरन्त अन्दर आ गया। अपनी जेब से उसने हंसते हुए रम की एक बोतल निकाली और तिपाई पर रख दी, "मैं साला उधर मम्मी के पास गया। वह बोला, 'तुम्हारा फरेण्ड आए ला।' मैं बोला, 'साला यह फरेण्ड कौन होने का सकता···साला मालूम न था, साला मंटो है!"

चड्ढे ने वनकतरे के कद्दू जैसे सिर पर एक धौल जमाई, "अबे चुप कर साले···तू रम ले आया···बस ठीक है!" वनकतरे ने अपना सिर सहलाया और मेरा खाली गिलास उठाकर अपने लिए पेग बनाया, "मंटो, यह साला आज मिलते ही कहने लगा, 'आज पीने को जी चाहता है'···मैं एकदम कड़का···सोचा, क्या करूं···"

चड्ढे ने एक और धप्पा उसके सिर पर जमाया, "बैठे बे, जैसे तूने सचमुच ही कुछ सोचा होगा!"

"सोचा नहीं तो साला यह इतनी बड़ी बाटली कहां से आया, तेरे बाप

ने दिया?" वनकतरे ने एक ही घूंट में रम खत्म कर दी। चड्ढे ने उसकी बात सुनी-अनसुनी कर दी और उससे पूछा, "तू यह तो बता कि मम्मी क्या बोली?···बोली थी कि मोजेल कब आएगी?···अरे हां···बह प्लेटीनम ब्लौंड!"

वनकतरे ने जवाब में कुछ कहना चाहा, लेकिन चड्ढे ने मेरी बांह पकड़ कर कहना शुरू कर दिया, "मंटो, खुदा की कसम, क्या चीज है! सुना करते थे कि एक चीज प्लेटीनम ब्लौंड भी होती है, मगर देखने का मौका कल मिला। बाल हैं, जैसे चांदी के महीन-महीन तार···ग्रेट···खुदा की कसम, मंटो, बहुत ग्रेट···मम्मी जिन्दाबाद!" फिर उसने क्रोधित नजरों से वनकतरे की ओर देखा और कड़क कर कहा, "कन कुतरे के बच्चे, नारा क्यों नहीं लगाता, मम्मी जिन्दाबाद!"

चड्ढे और वनकतरे दोनों ने मिलकर 'मम्मी जिन्दाबाद!' के कई नारे लगाए। इसके बाद वनकतरे ने चड्ढे के सवालों का फिर जवाब देना चाहा, लेकिन उसने उसे चुप करा दिया, "छोड़ो यार, मैं जज्बाती हो गया हूं इस वक्त, यह सोच रहा हूं कि आम तौर पर माशूकों के बाल काले होते हैं, जिन्हें काली घटा कहा जाता रहा है, मगर यहां कुछ और ही मामला हो गया है?" फिर वह मुझसे सम्बोधित हुआ, "मंटो, बड़ी गड़बड़ हो गई है, उसके बाल चांदी के तारों जैसे हैं। चांदी का रंग भी नहीं कहा जा सकता। मालूम नहीं, प्लेटीनम का रंग कैसा होता है, क्योंकि मैंने अभी तक वह धातु देखी नहीं; कुछ अजीव-सा ही रंग है, फौलाद और चांदी दोनों मिला दिये जाएं···"

वनकतरे ने दूसरा पेग खत्म करते हुए कहा, "और उसमें थोड़ी-सी थी एक्स रम मिक्स कर दी जाए···"

चड्ढे ने भन्नाकर उसे एक बहुत ही मोटी गाली दी। "···बकवास न कर!" फिर उसने बड़ी दयनीय नजरों से मेरी ओर देखा, "यार···मैं सचमुच जज्बाती हो गया हूं···हां···वह रंग···खुदा की कसम, लाजवाब रंग है···वह तुमने देखा है···वह, जो मछलियों के पेट पर होता है···नहीं-नहीं, हर जगह होता है, पोमफ्रेट मछली···उसके वे क्या होते हैं?···नहीं-नहीं, सांपों के···वे नन्हे-नन्हे खपरे···हां, खपरे···बस, उनका रंग···खपरे···

यह शब्द मुझे एक हिन्दुस्तोड़े ने बताया था···इतनी खूबसूरत चीज और ऐसा भोंडा नाम···पंजाबी में हम इन्हें चाने कहते हैं। इस शब्द में चिन-चिनाहट है···वही, बिलकुल वही, जो उसके बालों में है। लटें नन्ही-नन्ही संपोलियां मालूम होती हैं, जो लोट लगा रही हों···" वह एकदम उठा, "संपोलियों की ऐसी-तैसी! मैं जज्बाती हो गया हूं।"

वनकतरे ने बड़े भोलेपन से पूछा, "वह क्या होता है?"

"सेण्टीमेण्टल," चड्ढे ने जवाब दिया, "लेकिन तू क्या समझेगा बाला-जी बाजीराव और नाना फड़नवीस की औलाद!···"

वनकतरे ने अपने लिए एक और पेग बनाया और मुझसे संबोधित होकर कहा, "यह साला चड्ढा समझता हैं कि मैं इंगलिश नहीं समझता हूं। मैट्रीक्यूलेट हूं···साला मेरा बाप मुझसे बहुत मोहब्बत करता था··· उसने···"

चड्ढे ने चिढ़कर कहा, "उसने तुझे तानसेन बना दिया और तेरी नाक मरोड़ दी, ताकि निकोड़े सुर आसानी से तेरी नाक से निकल सकें। बचपन में ही उसने तुझे धुरपद गाना सिखा दिया था और दूध पीने के लिए तू मियां की तोड़ी में रोया करता था और पेशाब करते वक्त अड़ाना में और तूने पहली बात पटदीप में की थी···और तेरा बाप···जगत उस्ताद था, बैजू बावरे के भी कान काटता था···और तू आज उसके कान काटता है, इस-लिए तेरा नाम कनकुतरे है," इतना कहकर वह मेरी ओर मुड़ा, "मंटो, यह साला जब भी पीता है, अपने बाप की तारीफ शुरू कर देता है। वह इससे मोहब्बत करता था, तो मुझपर उसने क्या अहसान किया और उसने इसे मैट्रोक्यूलेट बना दिया, तो इसका यह मतलब नहीं कि मैं अपनी बी० ए० की डिग्री फाड़कर फेंक दूं।"

वनकतरे ने इस बौछार पर आपत्ति प्रकट करनी चाही, मगर चड्ढे ने उसे वहीं दबा दिया, "चुप रह···मैं कह चुका हूं कि मैं सेण्टीमेण्टल हो गया हूं···हां, वे रंग, पौमफ्रेट मछली के···नहीं-नहीं, सांप के नन्हे-नन्हे खपरे···बस, इन्हीं का रंग···मम्मी ने खुदा जाने अपनी बीन पर कौन-सा राग बजाकर उस नागिन को बाहर निकाला है।"

वनकतरे सोचने लगा, "पेटी मंगाओ, मैं बजाता हूं।"

चड्ढा खिलखिलाकर हंसने लगा, "बैठ बे मैट्रीक्यूलेट के चाकुलेट!" उसने रम की बोतल में से बची हुई रम को अपने गिलास में उड़ेल लिया और मुझसे कहा, "मंटो, अगर वह प्लेटीनम ब्लौंड न पटी, तो चड्ढा हिमालय पहाड़ की किसी चोटी पर धूनी रमाकर बैठ जाएगा…।" और उसने गिलास खाली कर दिया।

वनकतरे ने अपनी लाई हुई बोतल खोलनी शुरू की, "मंटो, मुलगी[1] एकदम चांगली[2] है।"

मैंने कहा, "देख लेंगे।"

"आज ही, आज रात मैं एम पार्टी दे रहा हूं। यह बहुत ही अच्छा हुआ कि तुम आ गए और श्री एक सौ आठ मेहता जी ने तुम्हारी वजह से एडवांस दे दिया, नहीं तो बड़ी मुश्किल हो जाती…आज रात…आज की रात…" चड्ढे ने बड़े भोंडे सुरों में गाना शुरू कर दिया, "आज की रात साजे-दर्द न छेड़!"

बेचारा वनकतरे उसकी इस ज्यादती पर एक बार फिर आपत्ति करने ही वाला था कि तभी गरीबनवाज और रंजीतकुमार आ गए। दोनों के पास स्कॉच की दो-दो बोतलें थीं। वे उन्होंने मेज पर रख दीं।

रंजीतकुमार से मेरे अच्छे-खासे सम्बन्ध थे, लेकिन बेतकल्लुफी नहीं थी, इसलिए हम दोनो ने थोड़ी-सी 'आप कब आए?', 'आज ही आया' ऐसी रस्मी बातें कीं और गिलास टकराकर पीने लग गए।

चड्ढा वाकई बहुत जज्बाती हो गया था। हर बात में उस प्लेटीनम ब्लॉड का जिक्र ले आता था। रंजीतकुमार दूसरी बोतल का चौथाई हिस्सा चढ़ा गया था। गरीबनवाज ने स्कॉच के तीन पेग पिए थे। नशे के मामले में उन सबकी हालत अब तक एक जैसी थी। मैं चूंकि ज्यादा पीने का आदी हूं, इसलिए मैं ज्यों का त्यों बैठा था। उनकी बातचीत से मैंने अन्दाजा लगाया कि वे चारों उस नई लड़की पर बहुत बुरी तरह मर मिटे थे, जो मम्मी ने कहीं से पैदा की थी। इस अमूल्य मोती का नाम फिलिस था। पूने में कोई हेअर ड्रेसिंग सैलून था, जहां वह नौकरी करती थी। उसके साथ

---

1. लड़की 2. अच्छी

आम तौर पर एक हिजड़ा-सा लड़का रहा करता था। लड़की की उम्र चौदह-पन्द्रह वर्ष के करीब थी। गरीबनवाज तो यहां तक उस पर फिदा था कि वह हैदराबाद में अपने हिस्से की जायदाद बेचकर भी दांव पर लगाने के लिए तैयार था। चड्ढे के पास तुरुप का केवल एक पत्ता था, अपनी सुन्दरता। वनकतरे का विचार था कि उसकी पेटी सुन वह परी जरूर शीशे में उतर आएगी और रंजीतकुमार जोर-जबरदस्ती को ही कारगर समझता था, लेकिन सब अन्त में यही सोचते थे कि देखिए, मम्मी किस पर कृपा करती है। इससे मालूम होता था कि उस प्लेटीनम ब्लौंड फिलिस को वह स्त्री, जिसे मैंने चड्ढे के साथ तांगे में देखा था, किसी के भी हवाले कर सकती थी।

फिलिस की बातें करते-करते चड्ढे ने अचानक अपनी घड़ी देखी और मुझसे कहा, "जहन्नुम में जाए यह छोकरी। चलो यार, भाभी वहां कबाब हो रही होंगी, लेकिन मुसीबत यह है कि मैं वहां भी कहीं सेण्टीमेण्टल न हो जाऊं। खैर, तुम मुझे संभाल लेना," अपने गिलास की कुछ आखिरी बूंदें अपने कण्ठ में टपकाकर उसने नौकर को आवाज दी, "ममियों के मुल्क मिस्र के शहजादे।"

ममियों के मुल्क मिस्र का शहजादा इस तरह आंखें मलता वहां आया, जैसे उसे सदियों के बाद खोदकर बाहर निकाला गया हो। चड्ढे ने उसके मुंह पर रम के छींटे मारे और कहा, "दो अदद तांगे लाओ, जो मिस्र के रघ मालूम हों।"

तांगे आ गए। हम सब उन पर लदकर प्रभात नगर के लिए चल पड़े। मेरा पुराना फिल्मों का साथी हरीश घर पर मौजूद था। इतनी दूर-दराज जगह पर रहने के बावजूद उसने मेरी बीवी की खातिरदारी में कोई कसर नहीं उठा रखी थी। चड्ढे ने आंख के इशारे से उसे सारा मामला समझा दिया था, अतएव वह बहुत हितकर साबित हुआ। मेरी बीवी ने अपना गुस्सा व्यक्त नहीं किया। उसका समय वहां कुछ अच्छा ही बीता था। हरीश ने, जो स्त्रियों की प्रकृति का अच्छा जानकार था, बड़ी मजेदार बातें की और अन्त में मेरी बीवी से प्रार्थना की कि वह उसकी शूटिंग देखने चले, जो उस दिन होने वाली थी। मेरी बीवी ने पूछा, "कोई गाना फिल्मा रहे हैं

आप?"

हरीश ने जवाब दिया, "जी नहीं, वह कल का प्रोग्राम है, मेरा खयाल है, आप कल चलिएगा।"

हरीश की बीवी शूटिंग देख-देखकर और दिखा-दिखाकर तंग आई हुई थी। उसने तुरन्त मेरी बीवी से कहा, "हां, कल ठीक रहेगा," फिर सबकी ओर देखकर बोली, "आज इन्हें सफर की थकान भी है।"

हम सबने सन्तोष की सांस ली। हरीश ने फिर कुछ देर तक मजेदार बातें कीं, अन्त में मुझसे कहा, "चलो यार, तुम चलो मेरे साथ," फिर मेरे तीन साथियों की ओर देखा, "इनको छोड़ो, सेठ साहब तुम्हारी कहानी सुनना चाहते हैं।"

मैंने बीवी की ओर देखा और हरीश से कहा, "इनसे इजाजत ले लो।"

मेरी भोली-भाली बीवी जाल में फंस चुकी थी। उसने हरीश से कहा, "मैंने बम्बई से चलते वक्त इनसे कहा भी था कि अपना 'डाकूमेण्ट केस' साथ ले चलिए, लेकिन इन्होंने कहा, कोई जरूरत नहीं। अब ये कहानी क्या सुनाएंगे?"

हरीश ने कहा, "जबानी सुना देगा।" फिर उसने मेरी ओर यूं देखा, जैसे कह रहा हो कि जल्दी 'हां' कहो।

मैंने धीमे से कहा, "हां, ऐसा हो सकता है।"

चड्ढे ने उस ड्रामे में अन्तिम टच दिया, "तो भई हम चलते हैं।" और वे तीनों सलाम नमस्ते करके चले गए। थोड़ी देर के बाद मैं और हरीश निकले। प्रभात नगर के बाहर तांगे खड़े थे। चड्ढे ने हमें देखा और जोर का नारा लगाया, "राजा हरीशचन्द्र की जय!"

शाम को हमारी महफिल जमी मम्मी के घर।

यह भी एक कॉटेज था। शक्ल-सूरत और बनावट में सईद कॉटेज जैसा, मगर बहुत साफ-सुथरा, जिससे मम्मी के सलीके का पता चलता था। फर्नीचर मामूली था, लेकिन जो चीज जहां थी, सजी हुई थी। मैंने सोचा था कि मम्मी का घर कोई वेश्यालय होगा, लेकिन उस घर की

किसी चीज से भी नजरों को ऐसा सन्देह नहीं होता था। वह वैसा ही शरीफाना था, जैसा कि एक मध्यम वर्ग के ईसाई का होता है, लेकिन मम्मी की उम्र के मुकाबले में वह कुछ जवान-जवान-सा दिखाई देता था। उस पर वह मेकअप नहीं था, जो मैंने मम्मी के झुर्रियों वाले चेहरे पर देखा था। जब मम्मी ड्राइंगरूम में आई, तो मैंने सोचा कि इर्द-गिर्द की जितनी चीजें हैं, वे आज की नहीं बहुत वर्षों की हैं, केवल मम्मी आगे निकलकर बूढ़ी हो गई है और वे वैसी की वैसी पड़ी रही हैं, उनकी जो उम्र थी, वह वहीं की वहीं रही है, लेकिन जब मैंने उसके गहरे और शोख मेकअप की ओर देखा, तो मेरे दिल में न जाने क्यों यह इच्छा पैदा हुई कि वह भी अपने इर्द-गिर्द के वातावरण की तरह पूरी तरह जवान बन जाए।

चड्ढे ने उससे मेरा परिचय कराया, जो बहुत संक्षिप्त था और फिर संक्षेप में ही उसने मुझसे मम्मी के बारे में यह कहा, "यह मम्मी है···द पेट मम्मी···"

मम्मी अपनी प्रशंसा सुनकर मुस्करा दी और मेरी तरफ देखकर उसने चड्ढे से अंग्रेजी में कहा, "तुमने जो चाय मंगवाई थी, वह बहुत जल्दी में बनी थी, वह शायद इन्हें पसन्द न आई हो।" फिर उसने मेरी ओर मुड़कर कहा, "मिस्टर मंटो, मैं बहुत शर्मिन्दा हूं। असल में सारा कुसूर तुम्हारे दोस्त चड्ढे का है, जो मेरा बेहद बिगड़ा हुआ लड़का है।"

मैंने उचित शब्दों में चाय की प्रशंसा की और उसको धन्यवाद दिया।

मम्मी ने मुझे बेकार की तारीफ न करने के लिए कहा और फिर चड्ढे से बोली, "रात का खाना तैयार हैं। यह मैंने इसलिए किया कि तुम ऐन वक्त के वक्त मेरे सिर पर सवार हो जाओगे···"

चड्ढे ने मम्मी को गले से लगा लिया, "यू आर ए ज्यूल मम्मी! यह खाना अब हम खाएंगे।"

मम्मी ने चौंककर पूछा, "क्या?···नहीं, हरगिज नहीं।"

चड्ढे ने उसे बताया, "मिसेज मंटो को हम प्रभात नगर छोड़ आए हैं।"

मम्मी चिल्लाई, "खुदा तुम्हें गारत करे! यह तुमने क्या किया?"

चड्ढा खिलखिला कर हंसा, "आज पार्टी जो होने वाली थी।"

"वह तो मैंने मिस्टर मंटो को देखते ही अपने दिल में कैंसिल कर दी थी।" मम्मी ने अपना सिगरेट सुलगाया।

चड्ढे का दिल डूब गया, "खुदा अब तुम्हें गारत करे।...और यह सब प्लान हमने इस पार्टी के लिए बनाया था।" वह कुर्सी पर रंजीदा-सा होकर बैठ गया और कमरे के कण-कण से सम्बोधन कर कहने लगा, "लो, सारे सपने मटियामेट हो गए...प्लेटीनम ब्लोंड...औंधे सांप के नन्हे-नन्हे खपरों जैसे रंग वाली..." एकदम उठकर उसने मम्की को बांहों से पकड़ लिया, "कैंसिल की थी, अपने दिल में कैंसिल की थी ना।...लो, उस पर सुआद (सही का चिह्न) बना देता हूं," और उसने मम्मी के दिल की जगह पर उंगली से बड़ा सुआद बना दिया और ऊंची आवाज में पुकारा, "हुर्रे!"

मम्मी सम्बन्धित लोगों को सूचना भेज चुकी थी कि पार्टी कैंसिल हो चुकी है, लेकिन मैंने महसूस किया कि वह चड्ढे का दिल तोड़ना नहीं चाहती थी, इसलिए उसने बड़े लाड़ से उसके गाल थपथपाए और कहा, "तुम फिक्र न करो, मैं अभी इन्तजाम करती हूं।"

वह इन्तजाम करने बाहर चली गई। चड्ढे ने खुशी का एक और नारा लगाया और वनकतरे से कहा, "जनरल वनकतरे! जाओ, हेडक्वार्टर से सारी तोपें ले आओ।"

वनकतरे ने सैल्यूट किया और आज्ञा-पालन के लिए चला गया। सईद कॉटेज बिलकुल पास था। दस मिनट के अन्दर-अन्दर वह बोतलें लेकर वापस आ गया। उसके साथ चड्ढे का नौकर था। चड्ढे ने उसको देखा, तो उसका स्वागत किया, "आओ-आओ, मेरे कोहकाफ के शहजादे...वह ...वह सांप के खपरों जैसे रंग के बालों वाली छोकरी आ रही है। तुम भी किस्मत-अजमाई कर लेना।"

रंजीतकुमार और गरीबनवाज को चड्ढे का इस प्रकार का निमन्त्रण अच्छा न लगा। दोनों ने मुझसे कहा कि यह चड्ढे की बहुत बेहूदगी है। इस बेहूदगी को उन्होंने बहुत महसूस किया था। चड्ढा नियमानुसार अपनी हांकता रहा और वे चुपचाप एक कोने में बैठे धीरे-धीरे रम पीकर एक-दूसरे से अपने सुख-दुःख की बातें करते रहे।

मैं मम्मी के सम्बन्ध में सोचता रहा। ड्राइंग रूम में गरीबनवाज, रंजीतकुमार और चड्ढा बैठे थे। ऐसा लगता था कि ये छोटे-छोटे बच्चे बैठे हैं और इनकी मां बाहर खिलौने लेने गई है। ये सब इन्तजार में हैं। चड्ढा सन्तुष्ट है कि सबसे अच्छा खिलौना उसे मिलेगा, इसलिए कि वह अपनी मां का चहेता है। बाकी दो का दुःख चूंकि एक जैसा था, इसलिए वे एक-दूसरे के हितैषी बन गए थे। शराब इस वातावरण में दूध मालूम होती थी और वह प्लेटीनम ब्लोंड···उसकी कल्पना दिमाग में एक छोटी-सी गुड़िया के रूप में आती थी। हर वातावरण का अपना एक विशेष संगीत होता है। उस समय जो संगीत मेरे दिल के कानों तक पहुंच रहा था, उसमें कोई सुर उत्तेजक नहीं था। हर चीज मां और उसके बच्चों के परस्पर सम्बन्धों की तरह स्पष्ट थी।

मैंने जब उसको तांगे में चड्ढे के साथ देखा था, तो मुझे धक्का-सा लगा था। मुझे अफसोस हुआ कि मेरे दिल में उन दोनों के संबंध में बुरे विचार पैदा हुए, लेकिन यह चीज मुझे बार-बार सता रही थी कि वह इतना गहरा मेकअप क्यों करती है, जो उसकी झुर्रियों की तौहीन है। उस ममता का अपमान है, जो उसके दिल में चड्ढा, गरीबनवाज और वनकतरे के लिए मौजूद है और खुदा जाने और किस-किसके लिए···

बातों-बातों में मैंने चड्ढे से पूछा, "यार, यह तो बताओ कि तुम्हारी मम्मी इतना चटख मेकअप क्यों करती है?"

"इसलिए कि दुनिया हर चटख चीज को पसन्द करती है। तुम्हारे और मेरे जैसे उल्लू इस दुनिया में बहुत कम बसते हैं, जो मद्धम सुर और मद्धम रंग पसन्द करते हैं। जो जवानी को बचपन के रूप में नहीं देखना चाहते और···और जो बुढ़ापे पर जवानी की टिपटाप पसंद नहीं करते··· हम जो खुद को कलाकार कहते हैं, उल्लू के पट्ठे हैं···मैं तुम्हें एक दिल-चस्प घटना सुनाता हूं···बैसाखी का मेला था···तुम्हारे अमृतसर में··· राम बाग के उस बाजार में टकैइयां (वेश्याएं) रहती थीं, जाट गुजर रहे थे। एक तन्दुरुस्त जवान ने, खालिस दूध और मक्खन पर पले जवान ने, जिसकी नई जूती उसकी लाठी पर बाजीगरी कर रही थी, ऊपर एक कोठे की ओर देखा, जहां एक टकई की तेल में भीगी हुई जुल्फें उसके माथे पर

बड़े बदसूरत ढंग से जमी हुई थीं। उसने अपने साथी की पसलियों में टहोका देकर कहा, 'ओए लहनासियां···वेख, ओए ऊपर वेख, असीं ते पिंड विध मझाई···।" अन्तिम शब्द चड्ढा ने न जाने क्यों गोल कर दिया। हालांकि वह किसी प्रकार की शिष्टता का कायल नहीं था। फिर वह खिल-खिलाकर हंसने लगा और मेरे गिलास में रम डालकर बोला, "उस जाट के लिए वह चुडैल ही उस वक्त कोहकाफ की परी थी और उसके गांव की सुन्दर और स्वस्थ मुटियारें बेडौल भैसें। हम सब चुगद हैं···दर्मियाने दर्जे के···इसलिए कि इस दुनिया में कोई चीज अव्वल दर्जे की नहीं···तीसरे दर्जे की है या दर्मियाने दर्जे की, लेकिन···लेकिन फिलिस खासुलखास दर्जे की चीज है।···वह सांप के खपरों···"

वनकतरे ने अपना गिलास उठाकर चड्ढे के सिर पर उड़ेल दिया, "खपरे···खपरे तुम्हारा भेजा फिर गया है।"

चड्ढे ने माथे पर से रम की टपकती बूंदें चाटनी शुरू कर दीं और वनकतरे से कहा, "ले अब सुना, तेरा बाप साला तुझसे कितनी मोहब्बत करता था। मेरा दिमाग अब काफी ठंडा हो गया है।"

वनकतरे बहुत गम्भीर होकर मुझसे बोला, "बाई गॉड, वह मुझसे बहुत मोहब्बत करता था। मैं फिफ्टीन ईमर का था कि उसने मेरी शादी बना दी।"

चड्ढा जोर से हंसा, "तुम्हें कार्टून बना दिया उस साले ने। भगवान् उसे स्वर्ग में भी केसरियल की पेटी दे कि वहां भी उसे बजा-बजाकर वह तुम्हारी शादी के लिए कोई खूबसूरत हूर ढूंढ़ता रहे और तुम्हारी खूबसूरत बीवी की ऐसी-तैसी। इस वक्त फिलिस की बात करो। उससे ज्यादा और कोई खूबसूरत नहीं हो सकता।" चड्ढे ने गरीबनवाज और रंजीतकुमार की ओर देखा, जो कोने में बैठे फिलिस के सौन्दर्य पर अपनी राय एक-दूसरे पर प्रकट करने वाले थे, "गन पाउडर प्लांट के स्वामियो, सुन लो, तुम्हारी कोई साजिश कामयाब नहीं हो सकती। मैदान चड्ढे के हाथ में रहेगा, क्यों वेल्ज के शहजादे?"

वेल्ज का शहजादा रम की खाली होती हुई बोतल की तरफ हसरत-भरा नजरों से देख रहा था। चड्ढे ने कहकहा लगाया और उसको आधा

गिलास भरकर दे दिया। गरीबनवाज और रंजीतकुमार एक-दूसरे से फिलिस के बारे में घुल-मिलकर बातें तो कर रहे थे, लेकिन अपने दिमाग में उसको प्राप्त करने के लिए प्रोग्राम अलग-अलग बना रहे थे। यह उनकी बातचीत के ढंग से प्रकट होता था।

ड्राइंग रूम में अब बिजली के बल्ब जल रहे थे, क्योंकि शाम गहरी हो चली थी। चड्ढा मुझे बम्बई की फिल्म इण्डस्ट्री के ताजे समाचार सुना रहा था कि बाहर बरामदे में मम्मी की तेज आवाज सुनाई दी। चड्ढे ने नारा लगाया और बाहर चला गया। गरीबनवाज ने रंजीतकुमार की ओर अर्थपूर्ण नजरों से देखा। फिर दोनों दरवाजे की ओर देखने लगे।

मम्मी चमकती हुई अन्दर दाखिल हुई। उसके साथ चार-पांच ऐंग्लो इण्डियन लड़कियां थीं। तरह-तरह के नख-शिख और कद-काठी की। पोली, डौली, किटी, एलिमा और थेलिमा और वह हिजड़ा-सा लड़का, जिसे चड्ढा सिसी कहकर पुकारता था। फिलिस सबसे पीछे आई और वह भी चड्ढे के साथ। उसकी एक बांह प्लेटीनम ब्लौंड की पतली कमर के पीछे लगी थी। मैंने गरीबनवाज और रंजीतकुमार की प्रतिक्रिया नोट की। उनको चड्ढे की यह दिखावटी विजयी हरकत पसन्द न आई थी।

लड़कियों के भीतर आते ही शोर मच गया। एकदम इतनी अंग्रेजी बरसी कि वनकतरे मैट्रीक्युलेशन परीक्षा में कई बार फेल हुआ, लेकिन उसने कोई परवाह न की और बराबर बोलता रहा। जब किसी ने उसका नोटिस न लिया तो वह एलिमा की बड़ी बहन थेलिमा के साथ एक सोफे पर अलग बैठ गया और पूछने लगा कि उसने हिन्दुस्तानी डांस के और कितने नये तोड़ सीखे हैं। वह इधर 'धा नी ताकत ता थई की वन, टू, थ्री' बना-बनाकर उसको तोड़ बता रहा था, उधर चड्ढा बाकी लड़कियों के झुरमुट में अंग्रेजी के नंगे-नंगे मजाक सुना रहा था, जो उसे हजारों की संख्या में जबानी याद थे। मम्मी सोडे की बोततें और खाने-पीने का सामान मंगवा रही थी। रंजीतकुमार सिगरेट के कश लगाकर टकटकी बांधे फिसिल की ओर देख रहा था और गरीबनवाज मम्मी से बार-बार कहता था कि रुपये कम हों तो वह उससे ले ले।

स्कॉच खुली और पहला दौर शुरू हुआ। फिलिस को जब शामिल

होने के लिए कहा गया, तो उसने अपने प्लेटीनमी बालों को एक हलका-सा झटका देकर मना कर दिया कि वह ह्विस्की नहीं पिया करती।

सबने मिन्नत-खुशामद की, लेकिन वह न मानी। चड्ढे ने इस पर दुःख प्रकट किया तो मम्मी ने एक हलका-सा पेग तैयार करके गिलास को फिलिस के होंठों से लगाते हुए बड़े दुलार से कहा, "बहादुर लड़की बनो और पी जाओ।"

फिलिस इनकार न कर सकी। चड्ढा खुश हो गया और उसने इसी खुशी में बीस-पच्चीस और नंगे मजाक सुना दिए। सब मजे लेते रहे। मैंने सोचा, आदमी ने नग्नता से तंग आकर वस्त्र पहनने शुरू किए होंगे। यही कारण है कि अब वह वस्त्रों से उकताकर कभी-कभी नग्नता की ओर दौड़ने लगता है। शिष्टता की प्रतिक्रिया निःसन्देह अशिष्टता है। इस पलायन का एक दिलचस्प पहलू भी है। आदमी को इससे एक निरंतर एकरसता के कष्ट से कुछ क्षणों के लिए मुक्ति मिल जाती है।

मैंने मम्मी की ओर देखा, जो उन जवान लड़कियों में घुलमिलकर चड्ढे के नंगे-नंगे मजाक सुनकर हंस रही थी और कहकहे लगा रही थी। उसके चेहरे पर वही वाहियात मेकअप था। उसके नीचे उसकी झुर्रियां साफ नजर आ रही थीं। मगर वह भी उल्लसित थी। मैंने सोचा, आखिर लोग क्यों पलायन को बुरा समझते हैं, वह पलायन जो मेरी आंखों के सामने था? उसका बाह्य रूप यद्यपि सुन्दर न था, लेकिन भीतर बहुत सुन्दर था, उस पर कोई बनाव-श्रृंगार न था। कोई गाजा, कोई उबटन नहीं था।

पोली थी, वह एक कोने में रंजीतकुमार के साथ खड़ी अपने नये फ्रॉक के बारे में बातचीत कर रही थी और उसे बता रही थी कि सिर्फ अपनी होशियारी से उसने बड़े सस्ते दामों पर उम्दा चीज तैयार करा ली है। दो टुकड़े थे, जो बिल्कुल बेकार मालूम पड़ते थे, मगर अब वे एक सुन्दर पोशाक में बदल गए थे और रंजीतकुमार बड़ी गम्भीरता के साथ उसको दो नये ड्रेस बनवा देने का वायदा कर रहा था, हालांकि उसे फिल्म कंपनी से इतने रुपये इकट्ठे मिलने की कोई आशा न थी।

डौली थी, वह गरीबनवाज से कुछ कर्ज मांगने की कोशिश कर रही

थी और उसको विश्वास दिला रही थी कि दफ्तर से तनख्वाह मिलने पर वह यह कर्ज जरूर अदा कर देगी। गरीबनवाज को पूरी तरह मालूम था कि वह यह रुपया आदत के अनुसार कभी वापस नहीं देगी, लेकिन वह उसके वायदे पर एतबार किए जा रहा था।

थेलिमा वनकतरे से तांडव नाच के बड़े मुश्किल तोड़े सीखने की कोशिश कर रही थी। वनकतरे को मालूम था कि सारी उम्र पैर कभी उसके भाव अदा नहीं कर सकेंगे, लेकिन वह उसको बताए जा रहा था। थेलिमा भी अच्छी तरह जानती थी कि वह बेकार अपना और वनकतरे का समय बरबाद कर रही है, मगर वह बड़ी लगन और तन्मयता से पाठ याद कर रही थी।

एलिमा और किटी दोनों पिए जा रही थीं और आपस में किसी ऐसे आदमी की बातचीत कर रही थी, जिसने पिछली रेस में खुदा जाने कब का बदला लेने के लिए गलत टिप दी थी।

···और चड्ढा फिलिस के खपरे ऐसे रंग के बालों को पिघले हुए सोने के रंग की स्कॉच में मिला-मिलाकर पी रहा था।

फिलिस का हिजड़ा-सा दोस्त बार-बार जेब से कंधी निकालता था और अपने बाल संवारता था।

मम्मी कभी इससे बात करती थी, कभी उससे, कभी सोडा खुलवाती, कभी टूटे हुए गिलास के टुकड़े उठवाती। उसकी नजर सब पर थी, उस बिल्ली की तरह, जो देखने में तो अपनी आंखें बन्द किए सुस्ता रही होती है, लेकिन उसको मालूम होता है कि उसके पांचों बच्चे कहां-कहां हैं और क्या-क्या शरारत कर रहे हैं।

इस दिलचस्प चित्र में कौन-सा रंग, कौन-सी रेखा गलत थी? मम्मी का वह भड़कीला मेकअप भी ऐसा मालूम होता था कि उस चित्र का एक आवश्यक अंग है।

गालिब कहता है :

"कैदे-हयात-ओ-बन्दे गम[1], अस्ल में दोनों एक हैं,
मौत से पहले आदमी गम से निजात[2] पाए क्यों?"

---

1. जीवन-रूपी कैद तथा गम की पकड़ 2. मुक्ति

कैदे-हयात और बन्दे-गम जब वास्तव में एक ही हैं, तो यह क्या जरूरी है कि आदमी मौत से पहले थोड़ी देर के लिए निजात हासिल करने की कोशिश न करे? इस निजात के लिए कौन यमराज का इन्तजार करे? क्यों आदमी थोड़े-से क्षणों के लिए आत्म प्रवंचना के दिलचस्प खेल में भाग न ले?

मम्मी हर किसी की प्रशंसा करना जानती थी। उसके सीने में ऐसा दिल था, जिसमें उन सबके लिए ममता थी। मैंने सोचा, शायद इसलिए उसने अपने चेहरे पर रंग मल लिया है कि लोगों को उसकी वास्तविकता का ज्ञान न हो। उसमें शायद इतनी शारीरिक शक्ति नहीं थी कि वह हर किसी की मां बन सकती और इसीलिए उसने अपनी ममता और स्नेह के लिए कुछ व्यक्ति चुन लिए थे और शेष सारी दुनिया को छोड़ दिया था।

मम्मी को मालूम नहीं था कि चड्ढा एक तगड़ा पेग फिलिस को पिला चुका था। चोरी-छिपे नहीं, सबके सामने, मगर मम्मी उस समय बावर्ची-खाने में पोटैटो चिप्स तल रही थी। अब फिलिस नशे में थी और जिस तरह उसके पॉलिश किए हुए फौलाद के रंग के बाल धीरे-धीरे लहराते थे, उसी तरह वह स्वयं भी लहरा रही थी।

रात के बारह बज चुके थे। वनकतरे थेलिमा को तोड़े सिखा-सिखाकर थक जाने के बाद अब बता रहा था कि उसका बाप साला उससे बहुत मोहब्बत करता था। बचपन ही में उसने उसकी शादी बना दी थी। उसकी वाइफ बहुत ब्यूटीफुल है···और गरीबनवाज डौली को कर्ज देकर भूल भी चुका था। रंजीतकुमार पोली को अपने साथ कहीं बाहर ले गया था। एलिमा और किटी दोनों दुनिया-भर की बातें करके अब थक गई थीं और आराम करना चाहती थीं। तिपाई के इर्द-गिर्द फिलिस, उसका हिजड़ा-सा दोस्त और मम्मी बैठे थे। चड्ढा अब जज्बाती नहीं था। फिलिस उसकी बगल में बैठी थी, जिसने पहली बार शराब का सुरूर चखा था, उसको प्राप्त करने का संकल्प उसकी आंखों में साफ मौजूद था। मम्मी इससे गाफिल नहीं थी।

थोड़ी देर बाद फिलिस का हिजड़ा-सा दोस्त उठकर सोफे पर जा लेटा और अपने बालों में कंघी करते-करते सो गया। गरीबनवाज और डौली

उठकर कहीं चले गए। एलिमा और किटी ने आपस में किसी मार्गरिट के बारे में बातें करते हुए मम्मी से विदा ली और चली गईं। वनकतरे ने आखिरी बार अपनी बीवी की खूबसूरती की प्रशंसा की और फिलिस की ओर ललचाई नजरों से देखा, फिर थेलिमा की ओर, जो उसके पास बैठी थी और फिर वह उसकी बांह पकड़कर चांद दिखाने के लिए बाहर मैदान में ले गया।

एकदम जाने क्या हुआ कि चड्ढे और मम्मी में गरमागरम बातें शुरू हो गईं। चड्ढे की जबान लड़खड़ा रही थी। वह एक कुपुत्र की तरह मम्मी से बदजबानी करने लगा। फिलिस ने एक हद तक बीच-बचाव करने की कोशिश की, लेकिन चड्ढा हवा के घोड़े पर सवार था। वह फिलिस को अपने साथ सईदा कॉटेज में ले जाना चाहता था और मम्मी इसके खिलाफ थी। वह उसको बहुत देर तक समझाती रही कि वह इस इरादे से बाज आए, लेकिन वह इसके लिए तैयार न होता था और बार-बार मम्मी से कह रहा था, "तुम पागल हो गई हो...बूढ़ी दलाला... फिलिस मेरी है...पूछ लो इससे।"

मम्मी ने बहुत देर तक उसकी गालियां सुनीं, अन्त में बड़े समझाने वाले ढंग में उससे कहा, "चड्ढा, माई सन...तुम क्यों नहीं समझते...शी इज यंग...शी इज वेरी यंग..."

उसकी आवाज में कंपकंपाहट थी, एक प्रार्थना थी, एक ताड़ना थी, एक बड़ी भयानक तस्वीर थी, लेकिन चड्ढा बिल्कुल न समझा। उस समय उसके सम्मुख केवल फिलिस और उसकी प्राप्ति थी। मैंने फिलिस की ओर देखा और पहली बार इस बात को महसूस किया कि वह सचमुच बहुत छोटी उम्र की थी, मुश्किल से पन्द्रह वर्ष की। उसका सफेद चेहरा, चांदी रंग के बादलों में घिरा हुआ वर्षा की पहली बूंद की तरह कंपकंपा रहा था।

चड्ढे ने उसे बांह से पकड़कर अपनी ओर खींचा और फिल्मी हीरो के ढंग से अपनी छाती से लगाकर भींच लिया। मम्मी एकदम लाल होकर चिल्लाई, "चड्ढा...छोड़ दो...फॉर गॉड सेक...छोड़ दो इसे!"

जब चड्ढे ने अपने चौड़े सीने से फिलिस को अलग न किया, तो

मम्मी ने उसके मुंह पर एक जोरदार चांटा मारा और चिल्लाई, "गेट आउट"गेट आउट!"

चड्ढा भौचक्का रह गया। फिलिस को अलग करके उसने धक्का दिया और मम्मी की ओर आग बरसाने वाली नजरों से देखता हुआ बाहर चला गया। मैंने भी उठकर विदा ली और चड्ढे के पीछे-पीछे चल दिया।

सईदा कॉटेज पहुंचकर मैंने देखा कि वह पतलून-कमीज और बूटों समेत पलंग पर औंधे मुंह पड़ा था। मैंने उससे कोई बात न की और दूसरे कमरे में जाकर बड़ी मेज पर सो गया।

सुबह देर से उठा। घड़ी में दस बज रहे थे। चड्ढा सुबह ही सुबह उठकर बाहर चला गया था। कहां, यह किसी को मालूम नहीं था, लेकिन जब मैं गुसलखाने से बाहर निकल रहा था, तो मैंने उसकी आवाज सुनी, जो गैरेज से बाहर आ रही थी। मैं रुक गया। वह किसी से कह रहा था, "वह लाजवाब औरत है। खुदा की कसम, बड़ी लाजवाब औरत है। दुआ करो कि उसकी उम्र को पहुंचकर तुम भी वैसी ही ग्रेट हो जाओ।"

उसके स्वर में एक विचित्र प्रकार की कटुता थी। पता नहीं उसका रुख उसकी अपनी ओर था या उस व्यक्ति की ओर, जिससे वह सम्बोधित था। मैंने अधिक देर तक वहां रुके रहना ठीक न समझा और अन्दर चला गया। आधे घंटे तक मैंने उसका इन्तजार किया। जब वह न आया, तो मैं प्रभात नगर चला गया।

मेरी बीवी का मिजाज ठीक था। हरीश घर में नहीं था। हरीश की बीवी ने उसके बारे में पूछा, तो मैंने कह दिया, "वह अभी स्टूडियो में सो रहा है।"

पूने में काफी तफरीह हो गई थी, इसलिए मैंने हरीश की बीवी से जाने की इजाजत मांगी। शिष्टाचार के नाते उसने हमें रुकने को कहा, लेकिन मैं सईदा कॉटेज में ही फैसला करके चला था कि रात की घटना मेरी मानसिक जुगाली के लिए बहुत काफी है।

हम चल दिए। रास्ते में मम्मी की बातें हुई। जो कुछ हुआ था, मैंने बीवी को सब कुछ बता दिया। उसका कहना था कि फिलिस उसकी

कोई रिश्तेदार होगी या वह उसे किसी अच्छी आसामी को पेश करना चाहती होगी, तथी उसने चड्ढे से लड़ाई की। मैं चुप रहा। न समर्थन किया, न विरोध।

कई दिन गुजरने पर चड्ढे का पत्र आया, जिसमें उस रात की घटना का सरसरी-सा वर्णन था और उसने अपने बारे में यह कहा था, "मैं उस दिन जानवर बन गया था। लानत हो मुझ पर!"

तीन महीने के बाद मुझे एक जरूरी काम से पूना जाना पड़ा। सीधा सईदा कॉटेज पहुंचा। चड्ढा मौजूद नहीं था। गरीबनवाज से उस समय मुलाकात हुई, जब वह गैरेज से निकलकर शीरीं के नन्हे बच्चे को प्यार कर रहा था। वह बड़े तपाक से मिला। थोड़ी देर बाद रंजीतकुमार आ गया, कछुए की चाल चलता, और चुपचाप बैठ गया। मैं अगर उससे कुछ पूछता था, तो वह बड़े संक्षेप में उत्तर दे देता। उससे बातों-बातों में मालूम हुआ कि चड्ढा उस रात के बाद मम्मी के पास नहीं गया और न कभी वह यहां आई है। फिलिस को उसने दूसरे दिन ही अपने मां-बाप के पास भिजवा दिया था। वह उस हिजड़ा जैसे लड़के के साथ घर से भागकर आई हुई थी। रंजीतकुमार को विश्वास था कि अगर वह कुछ दिन और पूना में रहती, तो वह जरूर उसे ले उड़ता। गरीबनवाज का ऐसा कोई दावा नहीं था। केवल इतना अधसोस था कि वह चली गई।

चड्ढे के बारे में यह पता चला कि दो-तीन दिन से उसकी तबीयत ठीक नहीं है, बुखार रहता है, लेकिन वह किसी डाक्टर से राय नहीं लेता; सारा दिन इधर-उधर घूमता रहता है। गरीबनवाज ने जब मुझे ये बातें बताना शुरू कीं, तो रंजीतकुमार उठकर चला गया। मैंने सलाखों वाली कोठरी में से देखा, उसका रुख गैरेज की ओर था।

मैं गरीबनवाज से गैरेज वाली शीरी के सम्बन्ध में कुछ पूछताछ करने के बारे में सोच ही रहा था कि वनकतरे बड़ा घबराया हुआ कमरे में दाखिल हुआ। उससे मालूम हुआ कि चड्ढे को तेज बुखार था। वह उसे तांगे में वहां ला रहा था कि वह रास्ते में बेहोश हो गया। मैं और गरीबनवाज बाहर दौड़े। तांगे वाला बेहोश चड्ढे को संभाले हुए था। हम सबने मिल-कर उसे उठाया और कमरे में पहुंचाकर बिस्तर पर लिटा दिया। मैंने

उसके माथे पर हाथ रखकर देखा, सचमुच बहुत तेज बुखार था। एक सौ छः डिग्री से कम न होगा।

मैंने गरीबनवाज से कहा, "फौरन डाक्टर को बुलाना चाहिए।"

उसने वनकतरे से मशवरा किया और 'अभी आता हूं' कहकर बाहर चला गया। जब वापस आया तो उसके साथ मम्मी थी, जो हांफ रही थी। अन्दर घुसते ही उसने चड्ढे की ओर देखा और लगभग चीखकर पूछा, "क्या हुआ मेरे बेटे को?"

वनकतरे ने जब उसे बताया कि चड्ढा कई दिन से बीमार था, तो मम्मी ने बड़े दुःख और क्रोध से कहा, "तुम कैसे लोग हो, मुझे खबर क्यों न की?" फिर उसने गरीबनवाज, मुझे और वनकतरे को विभिन्न हिदायतें दी, एक की चड्ढे को पांव सहलाने की, दूसरे को बर्फ लाने की और तीसरे को पंखा करने की। चड्ढे की हालत देखकर उसकी अपनी हालत बिगड़ गई थी, लेकिन उसने धैर्य से काम लिया और डाक्टर बुलाने चली गई।

मालूम नहीं, रंजीतकुमार को गैरेज में कैसे पता चला। वह मम्मी के जाने के तुरन्त बाद घबराया हुआ आया। उसके पूछने पर वनकतरे ने उसके बेहोश होने की घटना का वर्णन कर दिया और यह भी बता दिया कि मम्मी डाक्टर के पास गई है। यह सुनकर रंजीत कुमार की बेचैनी किसी हद तक दूर हो गई।

मैंने देखा कि वे तीनों बहुत संतुष्ट थे, मानो चड्ढे के स्वास्थ्य की सारी जिम्मेदारी मम्मी ने अपने ऊपर ले ली हो।

उसकी हिदायत के अनुसार चड्ढे के पांव सहलाए जा रहे थे, सिर पर बर्फ की पट्टियां रखी जा रही थीं। मम्मी जब डाक्टर लेकर आई, तो वह कुछ-कुछ होश में आ चुका था। डाक्टर ने मुआयने में काफी देर लगाई। उसके चेहरे से मालूम होता था कि चड्ढे की जिन्दगी खतरे में है। मुआयने के बाद डाक्टर ने मम्मी को इशारा किया और वे कमरे से बारह चले गए। मैंने सलाखों वाली खिड़की में से देखा, गैरेज के टाट का पर्दा हिल रहा था।

थोड़ी देर बाद मम्मी आई। गरीबनवाज वनकतरे और रंजीतकुमार से उसने एक-एक करके कहा कि घबराने की कोई बात नहीं। चड्ढा अब

आंखें खोलकर सुन रहा था। मम्मी को उसने आश्चर्य की दृष्टि से नहीं देखा था, लेकिन वह उलझन-सी जरूर महसूस कर रहा था। कुछ क्षणों के बाद जब वह समझ गया कि मम्मी क्यों और कैसे आई है, तो उसने मम्मी का हाथ अपने हाथ में ले लिया और दबाकर कहा, "मम्मी, यू आर द ग्रेट!"

मम्मी उसके पास पलंग पर बैठ गई। वह ममता की साक्षात् मूर्ति थी। उसने चड्ढे के तपते हुए माथे पर हाथ फेरकर मुस्कराते हुए केवल इतना कहा, "मेरे बेटे···मेरे गरीब बेटे!"

चड्ढे की आंखों में आंसू आ गए, लेकिन तुरन्त ही उसने उन्हें सोखने की कोई कोशिश की और कहा, "तुम्हारा बेटा अव्वल दर्जे का स्काउण्ड्रल है। जाओ, अपने मत पति का पिस्तौल लाओ और उसकी छाती पर दाग दो।"

मम्मी ने चडढे के गाल पर धीरे से तमाचा मारा, "बेकार की बातें न करो।" फिर वह चुस्त-चालाक नर्स की तरह उठी और हम सबकी ओर मुड़कर कहा, "लड़को, चड्ढा बीमार है और मुझे इसको हॉस्पीटल ले जाना है, समझे।"

सब समझ गए। गरीबनवाज ने तुरन्त टैक्सी का बन्दोबस्त कर दिया। चड्ढे को उठाकर उममें डाला गया। वह बहुत कहता रहा कि ऐसी कौन-सी आफत आ गई है, जो मुझे अस्पताल के सुपुर्द किया जा रहा है, लेकिन मम्मी यही कहती रही कि बात कुछ भी नहीं, अस्पताल में जरा आराम रहता है। चड्ढा बहुत जिद्दी था, लेकिन इस समय वह मम्मी की किसी बात से इनकार नहीं कर सकता था।

चड्ढा अस्पताल में दाखिल हो गया। मम्मी ने अकेले में मुझे बताया कि मर्ज बहुत खतरनाक है, यानी प्लेग। यह सुनकर मेरे होश उड़ गए। स्वयं मम्मी बहुत परेशान थी, लेकिन उसको आशा थी कि यह बला टल जाएगी और चड्ढा बहुत जल्द स्वस्थ हो जाएगा।

इलाज होता रहा। प्राइवेट अस्पताल या। डाक्टरों ने चड्ढे का इलाज बहुत ध्यान से किया, लेकिन कई पेचीदगियां पैदा हो गई। उसकी त्वचा जगह-जगह से फटने लगी और बुखार बढ़ता गया। अन्त में डाक्टरों ने यह

राय दी कि उसे बम्बई ले जाया जाए, लेकिन मम्मी नहीं मानी। उसने चड्ढे की उसी हालत में उठवाया और अपने घर ले गई।

मैं ज्यादा दिन पूना में नहीं रुक सकता था। वापस बम्बई आया, तो मैंने टेलीफोन के जरिये कई बार उसका हाल मालूम किया। मेरा खयाल था कि वह किसी प्रकार भी जीवित न बच सकेगा, लेकिन मुझे मालूम हुआ कि धीरे-धीरे उसकी हालत संभल रही है। एक मुगदमे के सिलसिले में मुझे लाहौर जाना पड़ा। वहां से पन्द्रह दिन के बाद लौटा तो मेरी बीबी ने चड्ढे का एक पत्र दिया, जिसमें केवल यह लिखा था—'महामाया मम्मी ने अपने कपूत को मौत के मुंह से बचा लिया है।'

उन थोड़े-से शब्दों में बहुत कुछ था। भावनाओं का एक पूरा समुद्र था। मैंने अपनी बीवी से इसका जिक्र बड़ी भावुकता से किया, तो उसने प्रभावित होकर केवल इतना कहा, "ऐसी औरतें अकसर खिदमतगुजार होती हैं।"

मैंने चढ्ढे को दो-तीन पत्र लिखे, जिनका जवाब न आया। बाद में मालूम हुआ कि मम्मी ने उसको जलवायु बदलने के लिए अपनी एक सहेली के पास लोनावला भिजवा दिया था। चड्ढा मुश्किल से वहां एक सप्ताह रहा और उकताकर चला आया। जिस दिन वह पूना पहुंचा संयोग से मै वहीं था। प्लेग के जबरदस्त हमले के कारण वह बहुत कमजोर हो गया था, लेकिन उसका गुलगपाड़ा करने वाला स्वभाव्र आज भी वैसा ही था। अपनी बीमारी का जिक्र उसने इस प्रकार किया, जैसे आदमी साइकल की मामूली दुर्घटना का करता है। अब जबकि वह बच गया था, अपनी खतरनाक बीमारी के बारे में विस्तार से बात करना वह बेकार समझता था।

सईदा कॉटेज में चड्ढे की अनुपस्थिति के दिनों में छोटे-छोटे परिवर्तन हुए थे। अकील और शकील कहीं और उठ गए थे, क्योंकि उन्हें अपनी निजी फिल्म कम्पनी कायम करने के लिए सईदा कॉटेज का वातावरण अनुकूल नहीं लगता था। उनकी जगह एक बंगाली म्यूजिक डायरेक्टर आ गया था। उसका नाम सेन था। उसके साथ लाहौर से भागा हुआ एक एक लड़का रामसिंह रहता था। सईदा कॉटेज में रहने वाले सबके सब

लोग उससे काम लेते थे। तबीयत का बहुत शरीफ और सबका सेवक था। चड्ढे के पास वह उस समय आया था, जब वह मम्मी के कहने पर लोना-चला जा रहा था। उसने गरीबनवाज और रंजीतकुमार से कह दिया था कि उसे सईदा कॉटेज में रख लिया जाए। सेन के कमरे में चूंकि जगह खाली थी, इसलिए उमने वहीं अपना डेरा जमा लिया था।

रंजीतकुमार को कम्पनी की नई फिल्म में बतौर हीरो चुन लिया गया था और उसके साथ वादा किया गया था कि अगर फिल्म सफल हुई, तो उसको दूसरी फिल्म डायरेक्ट करने का मौका दिया जाएगा। चड्ढा अपनी दो बरस की पेंडिंग तनख्वाह में से डेढ़ हजार रुपया एक साथ प्राप्त करने में सफल हो गया था, इसलिए उसने रंजीतकुमार से कहा था, "मेरी जान, अगर कुछ वसूल करना चाहते हो, तो मेरी तरह प्लेग में ग्रस्त हो जाओ। हीरो और डायरेक्टर बनने से तो मेरा खयाल है, यह कहीं अच्छा है।"

गरीबनवाज कुछ ही दिन पहले हैदराबाद होकर आया था, इसलिए सईदा कॉटेज किंचित् सम्पन्न था। मैंने देखा, गैरेज के बाहर अलगनी पर ऐसी कसीजें और जलवारें लटक रही थीं, जिनका कपड़ा अच्छा और कीमती था। शीरीं के बच्चे के पास नये खिलौने थे।

मुझे पूना में पन्द्रह दिन रहना पड़ा। मेरा पुराना फिल्मों का साथी जब नई फिल्म की हीरोइन की मुहब्बत में मुब्तला होने की कोशिश कर रहा था, लेकिन डरता था, क्योंकि यह हीरोइन पंजाबी थी और उसका पति बड़ी-बड़ी मूंछों वाला हट्टा-कट्टा मुश्टंडा था। चड्ढे ने सलाह दी थी, "कुछ परवाह न करो, उस साले की। जिस पंजाबी एक्ट्रेस का पति बड़ी-बड़ी मूंछों वाला पहलवान हो, वह इश्क के मैदान में जरूर चारों खाने चित गिरा करता है। बस, इतना करो कि सौ रुपये फी गाली के हिसाब से मुझसे दस-बीस हैवी वेट किस्म की गालियां सीख लो। ये तुम्हारी खास मुश्किलों में बहुत काम आया लरेंगी।"

हरीश एक बोतल फी गाली के हिसाब से छ: गालियां पंजाब के खास लहजे में याद कर चुका था, लेकिन अभी तो उसे अपने इश्क के रास्ते में

कोई ऐसी खास मुश्किल पेश नहीं आई थी, जो वह उनके प्रभाव को परख सकता।

मम्मी के घर नियमानुसार महफिलें जमती थीं। पोली, डौली, किटी, एलिमा थेलिमा आदि सब आती थीं। वनकतरे पूर्ववत् थेलिमा को कथ-कली और तांडव नाच की ता थई धा नी ना कत वन टू थृी बना-बनाकर बताता था और वह उसे सीखने की पूरी कोशिश करती थी। गरीबनवाज उसी तरह कर्ज दे रहा था और रंजीतकुमार, जिसको अब कम्पनी की नई फिल्म में हीरो का चांस मिल रहा था, उनमें से किसी भी एक को बाहर खुली हवा में ले जाता था। चड्ढे के नंगे-नंगे मजाक सुनकर उसी तरह कहकहे लगते थे। एक सिर्फ वह नहीं थी···वह, जिसके बालों के रंग के लिए सही उपमा ढूंढ़ने में चड्ढे ने काफी समय लगाया था, लेकिन इन महफिलों में चड्ढे की निगाहें उसे ढूंढ़ती नहीं थीं, फिर भी कभी-कभी जब चड्ढे की नजरें मम्मी की नजरों से टकराकर झुक जाती थीं, तो मैं अनुभव करता था कि उसको अपनी उस रात की दीवानगी का अफसोस है। ऐसा अफसोस, जिसकी गाद से उसको तकलीफ होती है। अतः चौथे पेग के बाद किसी समय इस तरह का एक वाक्य उसकी जबान से निकल जाता, "चड्ढा, यू आर ए डेम्ड ब्रूट!"।

यह सुनकर मम्मी होंठों ही होंठों में मुस्करा देती, जैसे वह उस मुस्क-राहट की मिठास में लपेट-लपेटकर कह रही हो, 'डॉण्ट टॉक राट!"

वनकतरे से पहले ही की तरह उसकी चख-चख चलती थी। नशे में आकर जब भी वह अपने बाप की प्रशंसा में या अपनी बीवी की खूबसूरती के सम्बन्ध में कुछ कहने लगता, तो वह उसकी बात बहुत बड़े गण्डासे से काट डालता। वह बेचारा चुप हो जाता और अपना मैट्रिक्यूलेशन का सर्टिफिकेट तह करके जेब में डाल लेता।

मम्मी, वही मम्मी थी। पोली की मम्मी, डौली की मम्मी, चड्ढे की मम्मी, रंजीतकुमार की मम्मी। सोडे की बोतलों, खाने-पीने की चीजों और महफिल जमाने के दूसरे साजो-सामान के प्रबंध में वह वैसी ही स्नेहपूर्ण दिलचस्पी से हिस्सा लेती थी। उसके चेहरे का मेकअप वैसा ही वाहियात होता था। उसके कपड़े उसी तरह भड़कीले थे। सुर्खी की तहों से उसकी

झुर्रियां उसी तरह झांकती थीं, लेकिन अब मुझे ये पवित्र दिखाई देती थीं। इतनी पवित्र कि प्लेग के कीड़े उन तक नहीं पहुंच सकते थे। डरकर, सिमट-कर वे भाग गये खे। चड्ढे के शरीर से भी निकल भागे थे, क्योंकि उसपर उन झुर्रियों की छत्रच्छाया थी, उन पवित्र झुर्रियों की, जो हर समय बहुत ही वाहियात रंगों में लिथड़ी रहती थीं।

वनकतरे की खूबसूरत बीवी का जब गर्भपात हुआ था, तो मम्मी की ही तत्कालीन सहायता से उसकी जान बची थी। थेलिमा जब हिन्दुस्तानी नाच सीखने के शौक में एक मारवाड़ी कत्थक के हत्थे चढ़ गई और उस सौदे में एक दिन जब उसे मालूम हुआ कि उसने एक खतरनाक रोग खरीद लिया है, तो मम्मी ने उसको बहुत डांटा था और उससे कोई सम्बन्ध न रखने का दृढ़ संकल्प कर लिया था, लेकिन फिर उसकी आंखों में आंसू देखकर उसका दिल पसीज गया था। उसने उसी दिन शाम को अपने बेटों को सारी बात सुना दी थी और उनसे प्रार्थना की थी कि वे थेलिमा का इलाज कराएं।

किटी को एक पजल (पहेली) हल करने के सिलसिले में पांच सौ रुपये का इनाम मिला था, तो मम्मी ने उसे मजबूर किया था कि कम से कम आधे रुपये गरीबनवाज को दे दे, क्योंकि उस गरीब का हाथ तंग है। उसने किटी से कहा था, "तुम इस समय इसे दे दो, बाद में लेती रहना।" और मुझसे उसने मेरे पन्द्रह दिन के वास में कई बार मेरी मिसेज के बारे में पूछा था और चिन्ता व्यक्त की थी कि पहले बच्चे की मृत्यु को इतने वर्ष हो गए हैं, दूसरा बच्चा क्यों नहीं हुआ!

रंजीतकुमार के साथ वह अधिक घुल-मिलकर बात नहीं करती थी। ऐसा मालूम होता था कि उसकी दिखावटी तबीयत उसको अच्छी नहीं लगती थी। मेरे सामने भी एक-दो बार इसकी चर्चा कर चुकी थी। म्यूजिक डायरेक्टर सेन से वह घृणा करती थी। चड्ढा उसको अपने साथ लाता था, तो वह उससे कहती थी, "ऐसे जलील आदमी को यहां मत लाया करो।" चड्ढा उससे पूछता तो वह बड़ी गम्भीरता से उत्तर देती, "मुझे यह आदमी ऊपरा-ऊपरा-सा मालूम होता है, जंचता नहीं मेरी नजरों में।" यह सुनकर चड्ढा हंस देता था।

मम्मी की महफिलों की स्नेहपूर्ण गर्मी लिए मैं वापस बम्बई चला गया। इन महफिलों में पूरी मस्ती थी, लेकिन कोई उलझाव नहीं था। हर चीज स्पष्ट थी—सही, शिष्ट और अपनी जगह पर कायम।

दूसरे दिन सुबह के अखबारों में पढ़ा कि सईदा कॉटेज में बंबाली म्यूजिक डायरेक्टर सेन मारा गया है। उसकी हत्या करने वाला कोई रामसिंह है, जिसकी आयु चौदह-पन्द्रह वर्ष के लगभग बताई जाती है। मैंने तुरन्त पूना टेलीफोन किया, लेकिन फोन पर कोई न मिल सका।

एक हफ्ते के बाद चड्ढा का खत आया, जिसमें उस हत्याकांड का पूरा विवरण था। रात को सब सोए हुए थे कि जचानक चड्ढे के पलंग पर कोई गिरा। वह हड़बड़ाकर उठा। बिजली जलाई, तो देखा, सेन है, खून में लथपथ। चड्ढा अभी अच्छी तरह अपने होश-हवास संभालने भी न पाया था कि दरवाजे में रामसिंह दिखाई दिया। उसके हाथ में छुरी थी। तुरन्त ही गरीबनवाज और रंजीतकुमार भी आ गए। सारा सईदा कॉटेज जग गया। रंजीतकुमार और गरीबनवाज ने रामसिंहू को पकड़ लिया और छुरी उसके हाथ से छीन ली। चड्ढा ने सेन को अपने पलंग पर लिटाया ओर उससे घावों के बारे में कुछ पूछने ही वाला था कि उसने आखिरी हिचकी ली और ठण्डा हो गया।

रामसिंह गरीबनवाज और रंजीतकुमार की जकड़ में था, मगर वे दोनों कांप रहे थे। सेन मर गया, तो रामसिंह ने चड्ढा से पूछा, "भापा जी ··· मर गया?"

चड्ढा ने 'हां' में उत्तर दिया, तो रामसिंह ने रंजीतकुमार और गरीबनवाज से कहा, "मुझे छोड़ दीजिए, मैं भागूंगा नहीं।"

चड्ढा की समझ में नहीं आता था कि वह क्या करे। उसने तुरन्त नौकर भेजकर मम्मी को बुलबाया। मम्मी आई, तो सब निश्चिन्त हो गए कि मामला सुलझ जाएगा। उसने रामसिंह को छुड़वा दिया और थोड़ी देर के बाद अपने साथ थाने ले गई और उसका बयान दर्ज करा दिया। इसके बाद चड्ढा और उसके साथी कई दिन तक परेशान रहे। पुलिस की पूछताछ, बयान, फिर अदालत में मुकदमे की पैरवी। मम्मी इस बीच बहुत दौड़धूप करती रही थी। चड्ढा को विश्वास था कि रामसिंह बरी हो

जाएगा और ऐसा ही हुआ। अदालत ने उसे साफ बरी कर दिया। अदालत में उसका वही बयान था, जो उसने थाने में दिया था। मम्मी ने उससे कहा था, "बेटा, घबराओ नहीं, जो कुछ हुआ है, सच-सच बता दो।" और उसने सारी बातें ज्यों की त्यों बयान कर दी थी कि सेन ने उसे प्लेबैक सिंगर बना देने का लालच दिया था। स्वयं उसे भी संगीत से बहुत लगाव था। और सेन बड़ा अच्छा गाने वाला था। वह इस चक्कर में आकर उसकी इच्छाएं पूरी करता रहा, लेकिन उसको इससे बहुत घृणा थी। उसका दिल बार-बार उसे लानत-मलामत करता था। अन्त में वह इतना तंग आ गया था कि उसने सेन से कह भी दिया था कि उसने फिर उसे मजबूर किया तो वह उसे जान से मार डालेगा। अतः घटना की रात को यही हुआ।

अदालत में उसने यही बयान दिया। मम्मी मौजूद थी। आंखों ही आंखों में वह रामसिंह को दिलासा दे रही थी कि घबराओ नहीं, जो सच है, कह दो, सच की हमेशा जीत होती है। इसमें कोई शक नहीं कि तुम्हारे हाथों ने खून किया है, लेकिन एक बड़ी मनहूस चीज का, एक हैवान का, एक अमानुष का।

रामसिंह ने बड़ी सादगी और बड़े भोलेपन से सारी घटनाओं का वर्णन किया। मजिस्ट्रेट इतना प्रभावित हुआ कि उसने रामसिंह को बरी कर दिया।

चड्ढा ने कहा, "इस झट जमाने में यह सच की एक अनोखी विजय है, और इसका श्रेय मेरी बढ़ी मम्मी को है।"

चड्ढा ने मुझे उस जलसे में बुलाया था, जो रामसिंह की रिहाई की खुशी में सईदा कॉटेल वालों ने किया था, लेकिन मैं व्यस्तता के कारण उसमें शामिल न हो सका।

शकील और अकील दोनों सईदा कॉटेज में वापस आ गए थे। बाहर का वातावरण भी उनकी निजी फिल्म कम्पनी की नींव डालने के लिए रास नहीं आया था।

अब वे फिर अपनी पुरानी फिल्म कम्पनी में किसी असिस्टैण्ट के असस्टैण्ट हो गए थे। उन दोनों के पास उस पूंजी में से कुछ सैकड़े बाकी बचे

हुए थे, जो उन्होंने निजी फिल्म कम्पनी की नींव डालने के लिए जुटाई थी। चड्ढे के मशवरे पर उन्होंने यह सब रुपया जलसे को सफल बनाने के लिए दे दिया। चड्ढा ने उनसे कहा था, "अब में चार पेग पीकर खुदा से दुआ करूंगा कि वह तुम्हारी निजी फिल्म कम्पनी फौरन खड़ी कर दे।"

चड्ढा का कहना था कि इस जलसे में वनकतरे ने शराब पीकर अपनी आदत के खिलाफ अपने बाप की प्रशंसा न की और न ही अपनी खुबसूरत बीवी का जिक्र किया। गरीबनवाज ने किटी की तत्कालीन आवश्यकता को पूरा करने के लिए दो सौ रुपये कर्ज दिए और रंजीतकुमार से उसने कहा, "तुम इन बेचारी लड़कियों को यूं ही झांसे न किया करो। हो सकता है कि तुम्हारी नीयत साफ हो, लेकिन लेने के मामले में इनकी नीयत इतनी साफ नहीं होती, कुछ न कुछ दे दिया करो।"

मम्मी ने उस जलसे में रामसिंह को बहुत प्यार किया और सबको मशवरा दिया कि उसे घर वापस जाने के लिए कहा जाए। अतएव वही फैसला हुआ और दूसरे दिन गरीबनवाज ने उसके टिकट का प्रबन्ध कर दिया। शीरी ने सफर के लिए उसको खाना पकाकर दिया। स्टेशन पर सब उसे छोड़ने गए। ट्रेन चली, तो देर तक हाथ हिलाते रहे।

ये छोटी-छोटी बातें मुझे जलसे के दस दिन बाद मालूम हुई, जब मुझे एक जरूरी काम से पूना जाना पड़ा। सईदा कॉटेज में कोई परिवर्तन नही हुआ। ऐसा मालूम होता था कि वह ऐसा पड़ाव है, जिसका रंग-रूप हजारों काफिलों के ठहरने से भी नहीं बदलता। वह कुछ ऐसी जगह थी, जो अपनी रिक्तता को स्वयं ही भर लेती थी। मैं जिस दिन वहां पहुंचा, शीरनी(एक मीठा व्यंजन)बंट रही थी। शीरी के एक और लड़का हुआ था। वनकतरे के हाथ में ग्लैक्सो का डिब्बा था। उन दिनों यह बड़ी मुश्किल से प्राप्त होता था। अपने बच्चे के लिए उसने कहीं से दो प्राप्त किए थे। उनमें से एक शीरी के नवजात शिशु के लिए ले आया था। चड्ढा ने आखिरी दो लड्डू उसके मुंह में ठूंसे और कहा, "तु ग्लैक्सो का डिब्बा ले आया। बड़ा कमाल किया है तूने। अपने साले बाप और अपनी साली बीवी की, देखना, हरगिज कोई बात न करना।"

वनकतरे ने बड़े भोलेपन के साथ कहा, "साले, मैं अब कोई पियेला

हूं? वह तो दारू बोला करती है। वैसे बाई गॉड, मेरी बीवी बड़ी हैण्डसम है।

चड्ढे ने इतनी जोर का कहकहा लगाया कि वनकतरे को और कुछ कहने का अवसर न मिला। चड्ढे ने उसे नहीं छेड़ा। मैट्रिक वालों की ऐसी ही अंग्रेजी होती है कि ब्यूटीफुल को हैंडसम कहा जाए। उसके बाद चड्ढा, गरीबनवाज और रंजीतकुमार मेरी ओर मुड़े और उस कहानी की बातें शुरू हो गईं, जो मैं अपने पुराने फिल्मों के साथी के जरिये से वहां के एक प्रोड्यूसर के लिए लिख रहा था। फिर कुछ देर शीरीं के नवजात लड़के का नाम रखा जाता रहा। सैकड़ों नाम रखे गए, लेकिन चड्ढे को कोई पसन्द न आया। अंत में मैंने कहा कि जन्म-स्थान अर्थात् सईदा कॉटेज के नाम पर लड़के का नाम मसूद होना चाहिए। चड्ढे को पसन्द नहीं था, लेकिन अस्थायी रूप से उसने स्वीकार कर लिया।

इस बीच में मैंने अनुभव किया कि चड्ढा, गरीबनवाज और रंजीत-कुमार तीनों की तबीयत कुछ बुझी-बुझी-सी थी। मैंने सोचा, शायद इसका कारण पतझड़ का मौसम हो, जब आदमी अकारण ही थकावट-सी महसूस करने लगता है। शीरीं का नया बच्चा भी इस शिथिलता का कारण हो सकता था, लेकिन यह कोई ठोस कारण मालूम नहीं होता था। सेन के कत्ल की ट्रेजडी? मालूम नहीं, क्या कारण था, लेकिन मैंने पूरी तरह महसूस किया कि वे सब उदास थे, ऊपर से हंसते-बोलते थे, लेकिन भीतर ही भीतर घुट रहे थे।

मैं प्रभात नगर में फिल्मों के अपने पुराने साथी के घर में कहानी लिखता रहा। यह व्यस्तता पूरे सात दिन तक जारी रही। मुझे बार-बार ख्याल आता था कि इस बीच चड्ढे ने कोई बाधा क्यों नहीं डाली। वनकतरे भी कहीं गायब था। रंजीतकुमार से मेरे कोई खास सम्बन्ध नहीं थे, जो वह मेरे पास इतनी दूर आता। गरीबनवाज के बारे में मैंने सोचा था कि शायद हैदराबाद चला गया हो और फिल्मों का मेरा पुराना साथी अपनी नई फिल्म की हीरोइन से, उसके घर में, उसके बड़ी-बड़ी मूंछों वाले पति की मौजूदगी में, इश्क लड़ाने का दृढ़ निश्चय कर रहा था।

मैं अपनी कहानी के एक बड़े दिलचस्प हिस्से की पटकथा तैयार कर

रहा था कि चड्ढा आ टपका और कमरे में घुसते ही उसने पूछा, "इस बकवास का तुमने कुछ वसूल किया है?"

उसका इशारा मेरी कहानी की ओर था, जिसके पारिश्रमिक की दूसरी किस्त मैंने दो दिन पहले वसूल की थी। "हां, दो हजार परसों लिया है।"

"कहां है?" यह कहते हुए चड्ढा मेरे कोट की ओर बढ़ा।

"मेरी जेब में।"

चड्ढे ने मेरी जेब में हाथ डाला। सौ-सौ के चार नोट निकाले और मुझसे कहा, "आज शाम को मम्मी के यहां पहुंच जाना, एक पार्टी है।"

मैं उस पार्टी के बारे में उससे कुछ पूछने ही वाला था कि वह चला गया। वह शिथिलता और उदासीनता, जो मैंने कुछ दिन पहले उसमें महसूस की थी, वैसी की वैसी थी। वह कुछ बेचैन भी था। मैंने उसके बारे में सोचना चाहा, लेकिन दिमाग तैयार न हुआ। वह कहानी के दिलचस्प हिस्से की पटकथा में बुरी तरह फंसा हुआ था।

फिल्मों के अपने पुराने साथी की बीवी से अपनी बीवी की बातें करके शाम को साढ़े पांच बजे के करीब मैं वहां से चलकर सात बजे सईदा कॉटेज पहुंचा। गैरेज के बाहर अलगनी पर गीले-गीले पोतड़े लटक रहे थें और नल के पास अकील और शकील शीरीं के बड़े लड़के के साथ खेल रहे थे। गैरेज के टाट का परदा हटा हुआ था और शीरीं उनसे शायद मम्मी की बातें कर रही थी। मुझे देखकर वे चुप हो गए। मैंने चड्ढे के बारे में पूछा, तो अकील ने कहा कि वह मम्मी के घर मिल जाएगा।

मैं वहां पहुंचा, तो देखा, एक शोर मचा हुआ था। सब नाच रहे थे। गरीबवाज पोली के साथ, रंजीतकुमार किटी और एलिमा के साथ और वनकतरे थेलिमा के साथ। वह उसको कथकली की मुद्राएं बता रहा था। चड्ढा मम्मी को गोद में उठाए इधर-उधर कूद रहा था। सब नशे में थे। एक तूफान मचा हुआ था। मैं अन्दर पहुंचा, तो सबसे पहले चड्ढे ने नारा लगाया। इसके बाद देशी-विदेशी आवाजों का एक गोला-सा फटा, जिसकी गूंज देर तक कानों में सरसराती रही। मम्मी बड़े तपाक से मिली। ऐसे तपाक से, जो वेतकल्लुफी की हद तक बढ़ा हुआ था। मेरा

हाथ उसने अपने हाथ में लेकर कहा, "किस मी, डीयर!" लेकिन उसने स्वयं ही मेरा एक गाल चूम लिया और घसीटकर नाचने वालों के झुरमुट में ले गई।

चड्ढा ने एकदम पुकारा, "बन्द करो, अब शराब का दौर चलेगा!" फिर उसने नौकर को आवाज दी, "स्कॉउलैण्ड के शहजादे! व्हिस्की की नई बोतल लाओ!" स्कॉटलैण्ड का शहजादा नई बोतल ले आया। नशे में धुत् था, खोखले लगा, तो हाथ से गिरी और चकनाचूर हो गई। मम्मी ने उसको डांटना चाहा तो चड्ढे ने रोक दिया, "एक बोतल टूटी है, मम्मी, जाने दो, यहां तो दिल टूटे हुए हैं।"

महफिल में एकदम सन्नाटा छा गया, लेकिन तुरन्त ही चड्ढे ने उस उदासीनता को अपने कहकहों से छिन्न-भिन्न कर दिया। नई बोतल आई। हर गिलास में बड़ा तगड़ा पेग डाला गया। इसके बाद चड्ढे ने उखड़ा-उखडा-सा भाषण करना शुरू किया, "लेडीज एण्ड जेंटलमेन, आप सब जहन्नुम में जाएं। मंटो हमारे बीच मौजूद है, जो अपने-आप को बहुत बड़ा कहानीकार समझता है। मानव-स्वभाव की, वह क्या कहते हैं, गहरी से गहरी गहराइयों में उतर जाता है, मगर मैं कहता हूं कि बकवास है। कुएं में उतरने वाले···" उसने इधर-उधर देखा, "अफसोस है कि यहां कोई हिन्दुस्तुड़ नहीं, एक हैदराबादी है, जो क को ग कहता है और जिससे दस बरस पीछे मुलाकात हुई, तो कहेगा कि परसों आपसे मिला था। लानत हो उसके निजाम हैदराबाद पर, जिसके पास कई लाख टन सोना है, करोड़ों जवाहरात हैं, लेकिन एक मम्मी नहीं। हां, वह कुएं में उतरने वाले···मैंने क्या कहा था कि सब बकवास है! पंजाबी में जिन्हें टोबे कहते हैं···वे गोता लगाने वाले, वे इसके मुकाबले में मानव स्वभाव को कई दर्जे अच्छा समझते हैं। इसलिए मैं कहता हूं···"

सबने जिन्दाबाद का नारा लगाया। चड्ढा चिल्लाया, "यह सब साजिश है। इस मंटों की साजिश है, नहीं तो मैंने हर हिटलर की तरह मुर्दाबाद के नारे का इशारा किया था। तुम सब मुर्दाबाद...लेकिन पहले मैं···मैं···" वह जज्बाती हो गया। "मैं···जिसने उस रात उस···सांप के खपरों ऐसे रंग वाले बालों की एक लड़की के लिए अपनी मम्मी को नाराज

कर दिया था। मैं खुद को, न जाने कहां का डॉन जुआन समझता था; लेकिन नहीं, उसको पाना कोई मुश्किल काम नहीं था लेकिन यह एक अनुचित काम था। वह कमउम्र थी। इतनी कमउम्र, इतनी कमजोर; इतनी करेक्टरलेस···इतनी···" उसने मेरी ओर एक प्रश्नवाचक दृष्टि से देखा, "बताओ यार, उसे उर्दू, फारसी या अरबी में क्या कहेंगे··· क्रेक्टरलेस···लेडीज एंड जेंटलमैन।···वह इतनी छोटी, इतनी कमजोर और इतनी मासूम थी कि उस रात पाप में शामिल होकर या तो वह सारी उम्र पछताती रहती या उसे बिलकुल भूल जाती। उनथोड़े क्षणों के आनन्द की याद के सहारे जीने का सलीका उसको बिलकुल न आता। मुझे इसका दुःख होता। अच्छा हुआ कि मम्मी ने उसी समय मेरा हुक्का-पानी बन्द कर दिया। मैं अब अपनी बकवास बंद करता हूं। मैंने असल में एक बहुत लम्बा-चौड़ा लेक्चर देने का इरादा किया था, लेकिन मुझसे कुछ बोला नहीं जाता। मैं एक पेग और पीता हूं।"

उसने एक पेग और पिया। लेक्चर के बीच में सब चुप थे। उसके बाद भी चुप रहे। मम्मी न मालूम क्या सोच रही थी। गाजे और सुर्खी की तहों के नीचे झुर्रियां भी ऐसी दिखाई देती थीं कि वे भी किसी गहरी चिंता में डूबी हुई हैं। बोलने के बाद चड्ढा जैसे खाली-सा हो गया। इधर-उधर घूम रहा था, जैसे कोई चीज रखने के लिए ऐसा कोना ढूंढ़ रहा हो, जो उसके मस्तिष्क में अच्छी तरह सुरक्षित रहे। मैंने उससे एक बार पूछा, "क्या बात है चड्ढा?"

उसने कहकहा लगाकर जवाब दिया, "कुछ नहीं, बात यह है कि आज ह्विस्की मेरे दिमाग पर जमा कर लात नहीं मार रही।" उसका कहकहा खोखला था।

वनकतरे ने थेलिमा को उठाकर मुझे अपने पास बिठा लिया और इधर-उधर की बातें करने के बाद अपने बाप की प्रशंसा शुरू कर दी कि वह बड़ा गुनी आदमी था। ऐसा हारमोनियम बजाता था कि लोग अवाक् रह जाते थे, फिर उसने अपनी बीवी की खूबसूरती का जिक्र किया और बताया कि बचपन में ही उसके बाप ने यह लड़की चुनकर उससे ब्याह दी थी। बंगाली म्यूजिक डायरेक्टर सेन की बात चली, तो उसने कहा,

"मिस्टर मंटो, वह एकदम हलकट आदमी था। कहता था, मैं खान साहब अब्दुल करीम खां का चेला था।"

घड़ी ने दो बजाए। चड्ढे ने किटी को धक्का देकर एक ओर गिराया और बढ़कर वनकतरे के कद्दू जैसे सिर पर धप्प मारकर कहा, "बकवास बन्द कर बे।...उठ...और कुछ गा,...लेकिन खबरदार, अगर तूने कोई पक्का राग गाया।"

वनकतरे ने तुरन्त गाना शुरू कर दिया। आवाज अच्छी नहीं थी। मुर्कियों की बारीकियां उसके गले से निकलती थीं, लेकिन ओ कुछ गाता था, पूरी तन्मयता से गाता था। मालकौस में उसने दो-तीन फिल्मी गाने सुनाए, जिनसे वातावरण बहुत उदास हो गया। मम्मी और चड्ढा एक-दूसरे की ओर देखते थे और नजरें किसी और तरफ हटा लेते थे। गरीब-नवाज इतना प्रभावित हुआ कि उसकी आंखों में आंसू आ गए। चड्ढे ने जोर का कहकहा लगाया और कहा, "हैदराबाद वालों की आंख बहुत कमजोर होती है, मौके-बेमौके टपकने लगती है।"

गरीबनवाज ने अपने आंसू पोंछे और एलिमा के साथ नाचना शुरू कर दिया। वनकतरे ने ग्रामोफोन के तवे पर रिकॉर्ड रखकर सुई लगा दी। घिसी हुई ट्यून बजने लगी। चड्ढे ने मम्मी को फिर गोद में उठा लिया और कद-कूदकर शोर मचाने लगा। उसका गला बैठ गया था, उन मीरासियों की तरह, जो शादी-ब्याह के मौके पर ऊंचे सुरों में गा-गाकर अपनी आवाज का सत्यानास लेते हैं।

उस उछल-कद और चीख-दहाड़ में चार बज गए। मम्मी एकदम चुप हो गई। फिर उसने चड्ढे की ओर मुड़कर कहा, "बस, अब खत्म!"

चड्ढे ने बोतल से मुंह लगाया और उसे खाली करके एक ओर फेंक दिया और मुझसे कहा, "चलो, मंटो, चलें।"

मैंने उठकर मम्मी से इजाजत लेनी चाही कि चड्ढे ने मुझे अपनी ओर खींच लिया, "आज कोई विदाई नहीं लेगा।"

हम दोनों बाहर निकल रहे थे कि मैंने वनकतरे के रोने की आवाज सुनी। मैंने चड्ढे से कहा, "ठहरो, देखें क्या बात है।" मगर वह मुझे धकेलकर आगे ले गया, "उस साले की आंखें भी कमजोर हैं।"

मम्मी के घर से सईदा कॉटेज बिलकुल निकट था। रास्ते में चड्ढे ने कोई बात न की। सोने से पहले मैंने उससे इस विचित्र पार्टी के बारे में जानना चाहा तो उसने कहा, "मुझे नींद आ रही है।" और वह बिस्तर पर लेट गया।

सुबह उठकर मैं गुसलखाने में गया। बाहर निकला तो देखा कि गरीबनवाज गैरेज के टाट के साथ लगा खड़ा है और रो रहा है। मुझे देखकर वह आंसू पोंछता वहां से हट गया। मैंने पास जाकर उससे रोने का कारण पूछा, तो उसने कहा, "मम्मी चली गई।"

"कहां?"

"मालूम नहीं।" यह कहकर गरीबनवाज सड़क की ओर चला गया।

चड्ढा बिस्तर पर लेटा था। ऐसा मालूम होता था कि वह एक क्षण के लिए भी नहीं सोया था। मैंने उससे मम्मी के बारे में पूछा तो उसने मुस्कराकर कहा, "चली गई, सुबह की गाड़ी से उसे पूना छोड़ना था।"

मैंने पूछा, "लेकिन क्यों?"

चड्ढे के स्वर में कटुता आ गई, "हुकूमत को उसकी अज्ञाएं पसन्द नहीं थीं, उसका रंग-ढंग पसन्द नहीं था। उसके घर की महफिलें उसकी नजरों में आपत्तिजनक थीं। इसलिए कि पुलिस उसके स्नेह और ममता को भ्रष्टाचार के रूप में लेना चाहती थी। वे उसे मां कहकर उससे एक दलाला का काम लेना चाहते थे। एक समय से उसके एक केस की छानबीन हो रही थी। आखिर सरकार पुलिस की छानबीन से सहमत हो गई और उसको 'तड़ी पार' कर दिया। इस शहर से निकाल दिया। वह अगर वेश्या थी, या दलाला थी, उसकी मौजूदगी अगर समाज के लिए हानिकारक थी, तो उसका खात्मा कर देना चहिए था। पूने की गंदगी से यह क्यों कहा गया कि तुम यहां से चली जाओ और जहां चाहो, ढेर हो सकती हो?" चड्ढे ने बड़े जोर से कहकहा लगाया और थोड़ी देर चुप रहा, फिर उसने बड़े भावुक स्वर में कहा, "मुझे दुःख है मंटो, कि उस गन्दगी के साथ एक ऐसी पवित्रता चली गई है, जिसने उस रात मेरी एक बड़ी गलत और गन्दी तरंग को मेरे दिलो-दिमाग से निकाल दिया था, लेकिन मुझे अफसोस नहीं होना चाहिए। वह पूना से चली गई। मुझ जैसे जवानों में

ऐसी गलत और गन्दी तरंगें वहां भी पैदा होंगी, जहां वह अपना घर बनाएगी। मैं अपनी मम्मी उनके सुपुर्द करता हूं; जिन्दाबाद मम्मी!... जिन्दाबाद...चलो, गरीबनवाज को ढूंढें। रो-रोकर उसने अपना बुरा हाल कर लिया होगा। इन हैदराबादियों की आंखें बहुत कमजोर होती हैं। मौके-बेमौके टपकने लगती है।"

मैंने देखा, चड्ढा की आंखों में आंसू इस तरह तैर रहे थे, जिस तरह वधितों की लाशें।

टोबा टेकसिंह

बटवारे के दो-तीन साल बाद पाकिस्तान और हिन्दुस्तान की सरकारों को ख्याल आया कि साधारण कैदियों की तरह पागलों की अदला-बदली भी होनी चाहिए, अर्थात् जो मुसलमान पागल हिन्दुस्तान के पागलखानों में हैं, उन्हें पाकिस्तान पहुंचा दिया जाए और जो हिन्दू और सिख पाकिस्तान के पागलखानों में हैं, उन्हें हिन्दुस्तान के हवाले कर दिया जाए।

मालूम नहीं, यह बात उचित थी या अनुचित। जो हो, समझदारों के फैसले के अनुसार ऊंचे स्तर पर कॉन्फ्रेंसें हुई और अन्त में एक दिन पागलों की अदला-बदली के लिए तय हो गया। अच्छी तरह छानबीन की गई। वे मुसलमान पागल, जिनके संरक्षक हिन्दुस्तान में थे, वहीं रहने दिए गए और जो शेष थे, उनको सीमा की ओर रवाना कर दिया गया। यहां पाकिस्तान से, क्योंकि करीब-करीब सब हिन्दू-सिख जा चुके थे, इसलिए किसी को रखने-रखाने का सवाल पैदा न हआ। जितने हिन्दू-सिख पागल थे, सब के सब पुलिस के संरक्षण में सीमा पर पहुंचा दिए गए।

उधर की खबर नहीं, लेकिन इधर लाहौर के पागलखाने में इस तबादले की खबर पहुंची, तो बड़ी मजेदार बातें होने लगीं। एक मुसलमान पागल से, जो बारह साल तक प्रतिदिन नियमपूर्वक जमींदार[1] पढ़ता रहा था, जब उसके एक दोस्त ने पूछा, "मौलवी साब, यह पाकिस्तान क्या होता है?"

---

1. एक तत्कालीन समाचारपत्र

उसने बड़े चिन्तन के बाद जवाब दिया, "हिन्दुस्तान में एक ऐसी जगह है, जहां उस्तरे बनते हैं।"

यह जवाब सुनकर उसका दोस्त चुप हो गया।

इसी तरह एक सिख पागल ने दूसरे सिख पागल से पूछा, "सरदार जी, हमें हिन्दुस्तान क्यों भेजा जा रहा है? हमें तो वहां की बोली नहीं आती।"

दूसरा मुस्कराया, "मुझे तो हिन्दुस्तान की बोली जाती है, हिन्दुस्तानी बड़े शैतानी आकड़-आकड़ फिरते हैं..."

एक दिन नहाते-नहाते एक मुसलमान पागल ने 'पाकिस्तान जिन्दाबाद' का नारा इतने जोर से लगाया कि फर्श पर फिसलकर गिर पड़ा और बेहोश हो गया। कुछ पागल ऐसे भी थे, जो पागल नहीं थे। इनमें ऐसे खूनियों की संख्या अधिक थी, जिनके संबंधियों ने अफसरों को रिश्वत दे-दिलाकर उन्हें पागलखाने भिजवा दिया था, ताकि वे फांसी के फंदे से बच जाएं।

वे कुछ-कुछ समझते थे कि हिन्दुस्तान का बंटवारा क्यों हुआ है और यह पाकिस्तान क्या है, लेकिन सभी घटनाओं का उन्हें भी कुछ पता न था। अखबारों से कुछ पता नहीं चलता था और पहरेदार सिपाही अनपढ़, उजड्ड थे। उनकी बातचीत से भी वे कोई अर्थ नहीं निकाल सकते थे। उनको केवल इतना पता था कि एक आदमी मुहम्मद अली जिन्ना है। जिसको कायदे-आजम कहते हैं, उसने मुसलमानों के लिए एक अलग देश बनाया है, जिसका नाम पाकिस्तान है। यह कहां है और इसकी उपयोगिता क्या है, इसके सम्बन्ध में वे कुछ नहीं जानते थे। यही कारण था कि पागलखाने में वे सब पागल, जिनका दिमाग पूरी तरह से खराब नहीं था। इस असमंजस में थे कि वे पाकिस्तान में थे या हिन्दुस्तान में। अगर हिन्दूस्तान में हैं, तो पाकिस्तान कहां है और अगर वे पाकिस्तान में हैं, तो यह कैसे हो सकता है कि वे कुछ समय पहले यहीं रहते हुए भी हिन्दुस्तान में थे?

एक पागल तो पाकिस्तान और हिन्दुस्तान तथा हिन्दुस्तान और पाकिस्तान के चक्कर में ऐसा पड़ा कि और ज्यादा पागल हो गया। झाड़ू

देते-देते एक दिन एक पेड़ पर चढ़ गया और एक टहनी पर बैठकर दो घंटे तक लगातार भाषण देता रहा, जो पाकिस्तान और हिन्दुस्तान के नाजुक मसले पर था। सिपाहियों ने उसे नीचे उतरने के लिए कहा, तो वह और ऊपर चढ़ गया। डराया-धमकाया गया तो उसने कहा, "मैं न हिन्दुस्तान में रहना चाहता हूं न पाकिस्तान में! मैं इस पेड़ पर ही रहूंगा।"

बड़ी मुश्किलों के बाद जब उसका दौरा ठंडा पड़ा, तो वह नीचे उतरा और अपने हिन्दू-सिख मित्रों से गले मिल-मिलकर रोने लगा। इस विचार से उसका दिल भर आता था कि वे उसे छोड़कर हिन्दुस्तान चले जाएंगे।

एक एम॰ एस-सी॰ पास रेडियो-इंजीनियर में, जो मुसलमान था और दूसरे पागलों से बिलकुल अबग-थलग बाग की एक खास पगडंडी पर दिन-भर चुपचाप टहलता रहता था, यह तब्दीली आई कि उसने अपने तमाम कपड़े उतारकर दफेदार[1] के हवाले कर दिए और नंग-धडंग सारे बाग में घूमना शुरू कर दिया।

चिनयोट के एक मुसलमान पागल ने, जो मुस्लिम लीग का सक्रिय कार्यकर्ता रह चुका था और जो दिन में पन्द्रह-सोलह बार नहाया करता था, एकाएक यह आदत छोड़ दी। उसका नाम मुहम्मद अली था, इसलिए एक दिन उसने अपने जंगले में घोषणा कर दी कि वह कायदे-आजम मुहम्मद अली जिन्ना है। उसकी देखा-देखी एक सिख पागल मास्टर तारा-सिंह बन गया। संभव था कि उस जंगले में खून-खराबा हो जाता, लेकिन उन्हें खतरनाक पागल करार देकर अलग-अलग स्थानों में बन्द कर दिया गया।

लाहौर का एक नौजवान हिन्दू वकील था, जो प्रेम में असफल होकर पागल हो गया था। जब उसने सुना कि अमृतसर हिन्दुस्तान में चला गया है, तो उसे बहुत दुःख हुआ। उसी शहर की एक हिन्दू लड़की से उसको प्रेम हो गया था। यद्यपि उसने उस वकील को ठुकरा दिया था, लेकिन पागलपन की हालत में भी वह उसे नहीं भुला सका था। इसलिए वह उन सब हिन्दू और मुस्लिम लीडरों को गालियां देता था, जिन्होंने मिल-मिला-

---

1. कर्मचारी

कर हिन्दुस्तान के दो टुकड़े कर दिए थे। उसकी प्रेमिका हिन्दुस्तानी बन गई थी और वह पाकिस्तानी।

जब अदला-बदली की बात शुरू हुई, तो वकील को पागलों ने समझाया कि वह दुखी न हो, उसको हिन्दुस्तान भेज दिया जाएगा; उस हिन्दुस्तान में, जहां उसकी प्रेमिका रहती है, लेकिन वह लाहौर छोड़ना नहीं चाहता था, इसलिए कि उसका ख्याल था कि अमृतसर में उसकी प्रैक्टिस नहीं चलेगी। यूरोपियन वार्ड में दो ऐंग्लो इंडियन पागल थे। उनको जब मालूम हुआ कि हिन्दुस्तान को आजाद करके अंग्रेज चले गए हैं; तो उनको बड़ा दुःख हुआ। वे छिप-छिपकर घंटों आपस में इस गंभीर समस्या पर बातचीत करते रहते कि पागलखाने में अब उनकी हैसियत किस तरह की होगी, यूरोपियन वार्ड रहेगा या उड़ा दिया जाएगा? ब्रेकफास्ट मिला करेगा या नहीं? क्या उन्हें डबलरोटी के बजाय ब्लडी इंडियन चपाती से तो उदर-पूर्ति नहीं करनी पड़ेगी?

एक सिख था, जिसको पागलखाने में दाखिल हुए पन्द्रह साल हो चुके थे। हर समय उसके मुंह से ये विचित्र शब्द सुनने में आते थे, "ओ पड़दी गिड़गिड़ दी, ऐंक्स दी बेध्याना दी, मूंग दी दाल आव दी लालटेन।" वह दिन को सोता था न रात को। पहरेदारों का कहना था कि पन्द्रह वर्ष के इस लम्बे समय में वह एक क्षण के लिए भी नहीं सोया था। लेटता भी नहीं था। हां, कभी-कभी दीवार के साथ टेक लगा लेता था। हर समय खड़े रहने से उसके पांव सूज गए थे। पिंडलियां भी फूल गई थीं, लेकिन उस शारीरिक कष्ट के बावजूद वह लेटकर आराम नहीं करता था। हिन्दुस्तान-पाकिस्तान और पागलों की अदला-बदली के बारे में जब कभी पागलखाने में बातचीत होती थी, तो वह बड़े ध्यान से सुनता था। कोई उससे पूछता कि उसका क्या ख्याल है, तो वह बड़ी गंभीरता से जवाब देता, "ओ पड़दी गिड़गिड़ दी, ऐंक्स दी बेध्याना दी, मूंग दी दाल आव दी पाकिस्तान गवर्नमेंट।"

लेकिन बाद में 'आव दी पाकिस्तान गवर्नमेंट' की जगह 'आव दी टोबा टेकसिंह' ने ले ली और उसने दूसरे पागलों से पूछना शुरू किया कि टोबा टेकसिंह कहां है, जहां का वह रहने वाला है? लेकिन किसी को भी मालूम

नहीं था कि वह पाकिस्तान में है या हिन्दुस्तान में। जो बताने की कोशिश करते थे, खुद इस चक्कर में फंस जाते थे कि स्यालकोट पहले हिन्दुस्तान में होता था, पर अब सुना है कि पाकिस्तान में है। क्या पता है कि लाहौर, जो अब पाकिस्तान में है, कल हिन्दुस्तान में चला जाए या सारा हिन्दुस्तान ही पाकिस्तान बन जाए! और यह भी कौन छाती पर हाथ रखकर कह सकता था कि हिन्दुस्तान और पाकिस्तान दोनों किसी दिन सिरे से ही गायब न हो जाएंगे!

इस सिख पागल के केश झड़ते रहने के कारण अब बहुत थोड़े-से रह गए थे। चूंकि वह बहुत कम नहाता था, इसलिए दाढ़ी और सिर के बाल आपस में जम गए थे, जिसके कारण उसकी शक्ल बड़ी भयानक हो गई थी, लेकिन आदमी बड़ा अहानिकारक था। पन्द्रह वर्षों में उसने किसी से झगड़ा फसाद नहीं किया था। पागलखाने के जो पुराने नौकर थे, वे उसके बारे में इतना जानते थे कि टोबा टेकसिंह में उसकी काफी जमीनें थीं। अच्छा खाता-पीता जमींदार था कि अचानक ही दिमाग उलट गया। उसके संबंधी लोहे की मोटी-मोटी जंजीरों में उसे बांधकर लाए और पागलखाने में दाखिल करा गए।

महीने में एक बार मुलाकात को वे लोग आते थे और उसकी राजी-खुशी मालूम करके चले जाते थे। एक समय तक यह सिलसिला चलता रहा, लेकिन जव पाकिस्तान-हिन्दुस्तान की गड़बड़ शुरू हो गई, तो उनका आना बन्द हो गया।

उसका नाम बिशनसिंह था, मगर सब उसे टोबा टेकसिंह कहते थे। उसे यह बिलकुल मालूम न था कि दिन कौन-सा है, महीना कौन-सा है या कितने साल बीत चुके हैं, लेकिन हर महीने जब उसके सम्बन्धी उससे मिलने आते थे, तो उसे अपने-आप पता चल जाता था। अत: वह दफेदार से कहता कि उसके मुलाकाती आ रहे हैं। उस दिन वह अच्छी तरह नहाता, बदन पर खूब साबुन घिसता और सिर में तेल लगाकर कंघा करता। अपने कपड़े, जो वह कभी इस्तेमाल नहीं करता था, निकलवाकर पहनता और यूं सज-संवरकर मिलने वालों के पास जाता। वे उससे कुछ पूछते, तो वह चुप रहता या कभी-कभी "ओ पड़दी-गिड़गिड़ दी, ऐंक्स दी

बेध्याना दी, मूंग दी दाल आव दी लालटेन!" कह देता।

उसकी एक लड़की थी, जो हर महीने एक अंगुली बढ़ती-बढ़ती पन्द्रह वर्ष में जवान हो गई थी। बिशनसिंह उसे पहचानता ही नहीं था। जब वह बच्ची थी, तब भी अपने बाप को देखकर रोती थी। जब जवान हुई, तब भी आंखों से आंसू बहते थे।

पाकिस्तान और हिन्दुस्तान का किस्सा शुरू हुआ, तो उसने दूसरे पागलों से पूछना शुरू किया कि टोबा टेकसिंह कहां है। जब सन्तोषजनक उत्तर न मिला, तो उसकी चिन्ता दिनोंदिन बढ़ती गई। अब मुलाकाती भी नहीं आते थे। पहले तो उसे अपने आप पता चल जाता था कि मिलने वाले आ रहे हैं, पर अब से उसके दिल की आवाज भी बन्द हो गई थी, जो उसे उनके आने की खबर दे दिया करती थी।

उसकी बड़ी इच्छा थी कि वे लोग आएं, जो उसके प्रति प्रेम प्रदर्शित करते थे और उसके लिए फल-मिठाइयां और कपड़े लाते थे। वह अगर पूछता कि टोबा टेकसिंह कहां है, तो वे सचमुच बता देते कि पाकिस्तान में है या हिन्दुस्तान में, क्योंकि उसका ख़्याल था कि वे टोबा टेकसिंह से ही आते थे, जहां उसकी जमीनें हैं।

पागलखाने में एक पागल ऐसा भी था, जो अपने को खुदा कहता था। उससे एक दिन जब बिशनसिंह ने पूछा कि टोबा टेकसिंह पाकिस्तान में है या हिन्दुस्तान में, तो उसने अपनी आदत के मुताबिक एक कहकहा लगाया और कहा, "वह न पाकिस्तान में है और न हिन्दुस्तान में, इसलिए कि हमने अभी तक हुक्म ही नहीं दिया।"

बिशनसिंह ने उस खुदा से कई बार बड़ी मिनन्त-खुशामद से कहा कि वह हुक्म दे दे, ताकि झंझट खत्म हो, मगर वह बहुत व्यस्त था, क्योंकि उसे और भी बहुत-से हुक्म देने थे। एक दिन तंग आकर वह उस पर बरस पड़ा, "ओ पड़दो गिड़गिड़ दी, ऐंक्स दी बेध्याना दी, मूंग दी दाल आप वाहे गुरजी दा खालसा एण्ड वाहे गुरुजी दी फतह, जो बोले सो निहाल सत सिरी अकाल!"

उसका शायद यह मतलब था कि तुम मुसलमानों के खुदा हो, सिखों के खुदा होते, तो जरूर मेरी सुनते।

अदला-बदली से कुछ दिन पहले टोबा टेकसिंह का एक मुसलमान, जो उसका दोस्त था, मुलाकात के लिए आया। पहले वह कभी नहीं आया था। जब बिशनसिंह ने उसे देखा तो एक तरफ हट गया और वापस जाने लगा, लेकिन सिपाहियों ने उसे रोका, "यह तुमसे मिलने आया है। तुम्हारा दोस्त फजलदीन है।"

बिशनसिंह ने फजलदीन को एक नजर देखा और कुछ बड़बड़ाने लगा। फजलदीन ने आगे बढ़कर उसके कंधे पर हाथ रख दिया, "मैं बहुत दिनों से सोच रहा था कि तुमसे मिलूं, लेकिन फुरसत ही नहीं मिली। तुम्हारे सब आदमी राजी-खुशी हिन्दुस्तान पहुंच गए हैं। मुझसे जितनी मदद हो सकती थी, की, लेकिन तुम्हारी बेटी रूपकोर···"

वह कहते-कहते रुक गया। बिशनसिंह कुछ याद करने लगा, "बेटी रूपकौर!"

फजलदीन ने रुक-रुककर कहा, "हां···हां···वह भी ठीक-ठाव है··· उनके साथ ही चली गई थी।"

बिशनसिंह चुप रहा। फजलदीन ने कहना शुरू किया, "उन्होंने मुझसे कहा था कि तुम्हारी राजी-खुशी पूछता रहूं। अब मैंने सुना है कि तुम हिन्दुस्तान जा रहे हो। भाई बलबीरसिंह और भाई रंधावासिंह से कहना, फजलदीन राजी-खुशी है। दो भूरी भैस, जो वे छोड़ गए थे, उनमें से एक ने कटरा दिया है, दूसरों के कटरी हुई थी, पर वह चौदह दिन की होकर मर गई और मेरे लायक जो खिदमत हो, कहना। मैं हर वक्त तैयार हं।··· और ये तुम्हारे लिए थोड़े-से मरुण्डे लाया हूं।"

बिशनसिंह ने महण्डों की पोटली लेकर पास खड़े सिपाही के हवाले कर दी और फजलदीन से पूछा, "टोबा टेकसिंह कहां है?"

फजलदीन ने आश्चर्य से कहा, "कहां है? वहीं है, जहां था।"

बिशनसिंह ने फिर पूछा, "पकिस्तान में या हिन्दुस्तान में?"

"हिन्दुस्तान में···नहीं-नहीं, पाकिस्तान में।" फजलदीन बौखला-सा गया।

बिशनसिंह बड़बड़ाता हुआ चला गया, "ओ पड़दी गिड़गिड़ दी, ऐंक्स दी बेध्याना दी, मूंग दी दाल आव दी पाकिस्तान एण्ड हिंदुस्तान आव दी

दुर फिटे मुंह!"

अदला-बदली की तैयारियां पूरी हो चुकी थीं। इधर से उधर और उधर से इधर पाने वाले पागलों की सूचियां पहुंच गई थी और अदला-बदली की तारीख निश्चित हो चुकी थी। कड़ाके का जाड़ा पड़ रहा था, जब लाहौर के पागलखाने से हिन्दू-सिख पागलों से भरी लारियां पुलिस के संरक्षक दस्ते के साथ रवाना हुई। उनसे सम्बन्धित अफसर भी उनके साथ थे। बाघा की सीमा पर दोनों ओर के सुपरिण्टेण्डेण्ट एक-दूसरे से मिले और प्रारम्भिक कार्रवाई खत्म होने के बाद अदला-बदली शुरू हो गई, जो रात-भर चलती रही।

पागलों को लारियों से निकालना और उनको दूसरे अफसरों के हवाले करना बड़ा कठिन काम था। कुछ तो बाहर निकलते ही नहीं थे, जो निकलने को तैयार होते, उनको संभालना मुश्किल होता, क्योंकि वे इधर-उधर भाग उठते थे। जो नंगे थे, उनको कपड़े पहनाए जाते, तो वे फाड़कर अपने तन से अलग कर देते। कोई गालियां बक रहा है, कोई गा रहा है। आपस में लड़-झगड़ रहे हैं और रो रहे हैं, कान पड़ी आवाज सुनाई नहीं देती थी। पागल स्त्रियों का शोरगुल अलग था, और सर्दी इतने कड़ाके की थी कि दांत बज रहे थे।

अधिकतर पागल इस अदला-बदली के पक्ष में नहीं थे, क्योंकि उनकी समझ में नहीं आता था कि उन्हें अपनी जगह से उखाड़कर कहां फेंका जा रहा है। थोड़े-से वे, जो कुछ सोच-समझ सकते थे, 'पाकिस्तान जिन्दाबाद' और 'पाकिस्तान मुर्दाबाद' के नारे लगा रहे थे। दो-तीन बार झगड़ा होते-होते बचा, क्योंकि कुछ एक मुसलमानों और सिखों को ये नारे सुनकर तैश आ गया था।

जब बिशनसिंह की बारी आई और उसे दूसरी ओर भेजने के सम्बन्ध में अधिकारी लिखत-पढ़त करने लगे, तो उसने पूछा, "टोबा टेकसिंह कहां है, पाकिस्तान में या हिन्दुस्तान में?"

सम्बन्धित अधिकारी सुनकर हंसा और बोला, "पाकिस्तान में।"

यह सुनकर बिशनसिंह उछलकर एक तरफ हटा और दौड़कर अपने शेष साथियों के पास पहुंच गया। पाकिस्तानी सिपाहियों ने उसे पकड़

लिया और दूसरी तरफ ले जाने लगे, लेकिन उसने चलने से इनकार कर दिया, "टोबा टेकसिंह यहां है," और वह जोर-जोर से चिल्लाने लगा, "ओ पड़दी गिड़गिड़ दी, ऐंक्स दी बेध्याना दी, मूंग दी दाल आव टोबा टेकसिंह एण्ड पाकिस्तान!"

उसे बहुत समझाया गया, "देखो, टोबा टेकसिंह अब हिन्दुस्तान में चला गया है, अगर नहीं गया है, तो उसे तुरन्त ही बहां भेज दिया जाएगा।" लेकिन वह न माना। जब उसे जबरदस्ती दूसरी ओर ले जाने की कोशिशें की गई तो वह बीच में एक स्थान पर इस प्रकार अपनी सूजी हुई टांगों पर खड़ा हो गया, जैसे अब कोई ताकत उसे वहां से नहीं हिला सकेगी।

आदमी चूंकि अहानिकारक था, इसलिए उसके साथ जबरदस्ती नहीं की गई। उसको वहीं खड़ा रहने दिया गया और अदला-बदली का शेष काम होता रहा।

सूरज निकलने से पहले उस स्थान पर शान्त, स्थिर खड़े बिशनसिंह के मुंह से एक भयानक चीख निकली। इधर-उधर से कई अफसर दौड़े आए और देखा कि वह आदमी, जो पन्द्रह वर्ष तक दिन-रात अपनी टांगों पर खड़ा रहा था, औंधे मुंह पड़ा है। उसकी टांगों के पीछे हिन्दुस्तान के पागलों का दायरा था और उसके सिर की ओर पाकिस्तान के पागलों का दायरा था और बीच की भूमि में, जिसका कोई नाम न था, टोबा टेकसिंह पड़ा था।

शाहदौले का चूहा

सलीमा की जब शादी हुई, तो वह इक्कीस वर्ष की थी। पांच वर्ष हो गए, लेकिन उसके यहां सन्तान न हुई। उसकी मां और सास को बहुत चिन्ता थी। मां को अधिक चिन्ता थी, क्योंकि वह सोचती थी कि कहीं सलीमा का पति नजीव दूसरी शादी न कर ले। कई डाक्टरों से परामर्श भी लिया गया, लेकिन कोई बात न बनी।

सलीमा को स्वयं भी बहुत चिन्ता थी। शादी के बाद बहुत कम लड़कियां ऐसी होती हैं, जिन्हें सन्तान की इच्छा न हो। उसने अपनी मां से कई बार मशवरा किया। मां की हिदायतों पर भी अमल किया, लेकिन परिणाम कुछ न निकला।

एक दिन उसकी एक सहेली, जो बांझ घोषित कर दी गई थी, उसके पास आई। सलीमा को बड़ा आश्चर्य हुआ, क्योंकि उसकी गोद में एक गुलगूथना-सा लड़का था। सलीमा ने उससे उसी आश्चर्य के भाव में पूछा, "फातमा, तुम्हारे यह लड़का कैसे पैदा हुआ?"

फातमा उससे पांच साल बड़ी थी। उसने मुस्कराकर कहा, "यह शाहदौले साहब की मेहरबानी है। मुझसे एक औरत ने कहा कि अगर तुम औलाद चाहती हो, तो गुजरात जाकर शाहदौले साहब के मजार पर मिन्नत करो और कहो कि मेरे जो पहला बच्चा होगा, उसे चढ़ावे के तौर पर मैं आपके मजार पर चढ़ाऊंगी।"

उसने सलीमा को यह भी बताया कि जब शाहदौले साहब के मजार पर

ऐसी मिन्नत की जाए, तो पहला बच्चा ऐसा पैदा होता है, जिसका सिर बहुत ही छोटा होता है। फातमा की यह बात सलीमा को पसन्द न आई, और जब उसने नजीब से कहा कि पहला बच्चा उनके मजार पर छोड़ आना पड़ता है, तो उसको दुःख हुआ।

उसने सोचा, कौन ऐसी मां है, जो अपने बक्चे से हमेशा के लिए अलग हो सकती है! उसका सिर छोटा हो, नाक चपटी हो, आंखें भैंगी हों, लेकिन मां उसे घूरे पर नहीं फेंक सकती। कुछ भी हो, उसे संतान चाहिए थी, इसलिए वह अपने से अधिक आयु वाली सहेली की बात मान गई। वह गुजरात की रहने वाली थी, जहां शाहदौले का मजार था। उसने अपने पति से कहा, "फातमा मजबूर कर रही है कि मेरे साथ चलो, इसलिए आप मुझे इजाजत दें कि उसके साथ चली जाऊं।"

उसके पति को क्या आपत्ति हो सकती थी! उसने कहा, "जाओ, लेकिन जल्दी लौट आना।"

वह फातमा के साथ गुजरात चली गई।

शाहदौला का मजार, जैसाकि उसका ख्याल था, किसी कीमती पत्थर की इमारत नहीं थी। अच्छी-खासी खुली जगह थी, जो सलीमा को पसंद आई, लेकिन जब उसने एक ओर भीड़ में शाहदौले के चूहे देखे, जिनकी नाक से रेंठ बह रहा था और उनका दिमाग बिल्कुल गायब था, तो वह सिहर उठी।

उसके सामने एक जबान लड़की थी, जो अपने पूरे यौवन पर थी, लेकिन बह कुछ ऐसी हरकतें कर रही थी कि गम्भीर से गम्भीर व्यक्ति को भी हंसी आ सकती थी। सलीमा उसको देखकर एक क्षण के लिए हंसी, लेकिन तुरंत ही उसकी आंखों में आंसू आ गए। सोचने लगी कि उस लड़की का क्या होगा? वहां के मालिक उसे किसी के हाथ बेच देंगे, जो बंदरिया बनाकर उसे जगह-जगह घुमाएंगे। वह बेचारी उनकी रोजी का साधन बन जाएगी।

उसका सिर बहुत छोटा था, लेकिन उसने सोचा कि यदि सिर छोटा है तो मनुष्य का भाग्य तो छोटा नहीं है। वह तो पागलों के माथ भी

लगा है।

शाहदौले की इस चुहिया का शरीर बहुत सुन्दर था। उसके सब अंग जहां के तहां दुरुस्त थे, लेकिन ऐसा लगता था कि उसकी चेतनाशक्ति को जानबूझकर समाप्त कर दिया गया है। वह इस प्रकार चलती-फिरती और हंसती थी, जैसे कोई चाबी भरा खिलौना हो। सलीमा ने अनुभव किया कि वह इसी उद्देश्य के लिए बनाई गई है।

लेकिन इन सब अनुभववों के बावजूद उसने अपनी सहेली फातमा के कहने पर शाहदौला साहब के मजार पर मन्नत मांगी कि यदि उसके बच्चा हुआ, तो वह उसके भेंट कर देगी।

डॉक्टरी इलाज सलीमा ने जारी रखा। दो महीने के बाद बच्चे की पैदाइश के लक्षण हो गए। वह बहुत खुश हई। निश्चित समय पर उसके यहां लड़का पैदा हुआ, जो बहुत ही सुन्दर था। गर्भ के दौरान चूंकि चन्द्र ग्रहण हुआ था, इसलिए उसके दाहिने गाल पर एक छोटा-सा काला दाग था, जो बुरा नहीं लगता था।

फातमा आई तो उसने कहा, "बच्चे को तुरंत शाहदौले साहब की भेंट कर देना चाहिए।" सलीमा स्वयं यह स्वीकार कर चुकी थी। फिर भी कई दिनों तक वह टालमटोल करती रही। उसकी ममता मानती नहीं थी कि वह अपनी आंखों के तारे बेटे को वहां फेंक आए।

उससे कहा गया था कि शाहदौले साहब जो संतान मांगता है, उसके पहले बच्चे का सिर छोटा होता है। लेकिन उसके लड़के का सिर तो काफी बड़ा था। फातमा ने उससे कहा, "यह कोई ऐसी बात नहीं, जिसका तुम बहाना बना सको। तुम्हारा बच्चा शाहदोले साहब की अमानत है। तम्हारा इस पर कोई हक नहीं। अगर तुम अपने वादे से फिर गई, तो याद रखो, तुम पर ऐसा कहर टूटेगा कि तुम जिन्दगी-भर पछतामोगी।"

दुखी दिल से सलीमा को अपना गुलगूथना-सा बेटा, जिसके दाहिने गाल पर तिल था, गुजरात जाकर शाहदोले साहब के मजार पर उनके सेवकों को देना पड़ा।

वह इतनी रोई, उसको इतना दुख हुआ कि बीमार पड़ गई। एक वर्ष तक जिन्दगी और मौत के बीच उलझी रही। वह अपने बच्चे को भुला ही नहीं पाती थी। विशेष रूप से उसे उसके दाहिने गाल का काला दाग बार-बार याद आता था, जिसे वह अकसर चूमा करयी थी, क्योंकि वह जहां भी था अच्छा लगता था।

उस बीच में एक क्षण को भी उसने अपने बच्चे को अलग नहीं किया। यह विचित्र-विचित्र स्वप्न देखती। शाहदौला चूहे के रूप में परेशान-सा प्रकट होता। उसके मांस को अपने तेज दांतों से कुतरता। वह चीख उठती और अपने पति से कहती, "मुझे बचाओ! देखो चूहा मेरा मांस खा रहा है।"

कभी उसका बेचैन दिमाग यह सोचता कि उसका बच्चा चूहों के बिल के अन्दर दाखिल हो रहा है। वह उसकी पूंछ खींच रही है। लेकिन बिल के अन्दर जो बड़े-बड़े चूहे हैं, उन्होंने उसकी थूथनी पकड़ ली है। इसलिए वह उसे बाहर नहीं निकाल सकती।

कभी उसकी नजरों के सामने वह लड़की आती, जो पूरे यौवन पर थी और जिसको उसने शाहदौले साहब के मजार के बगल में देखा था। सलीमा हंसना शुरू कर देती, लेकिन थोड़ी देर बाद रोने लगती। वह इतना रोती कि उसके पति नजीब की समझ में न आता कि वह कैसे उसके आंसू खुश्क करे।

सलीमा को हर जगह चूहे नजर आते थे, बिस्तर पर, रसोई घर में, गुसलघाने में, सोफे पर, दिल में, कानों में। कभी-कभी तो वह यह अनुभव करती कि वह स्वयं एक चुहिया है। उसकी नाक से रेंठ बह रहा है। वह शाहदौले के मजार के निवासियों में अपना छोटा, बहुत ही छोटा सिर अपने कमजोर कन्धों पर उठाए ऐसी हरकतें कर रही है कि देखने वाले हंस-हंसकर लोट-पोट हो रहे हैं। उसकी स्थिति बड़ी दयनीय थी।

उसको सारी सृष्टि में काले-काले धब्बे नजर आते। बुखार हल्का हुआ तो सलीमा की तबीयत कुछ संभली। नजीब को संतोष हुवा। वह जानता था कि सलीमा की बीमारी का क्या कारण है? वह बहुर गंभीर प्रकृति का

व्यक्ति था। उसे अपनी पहली संतान के चढ़ावे[1] में चले जाने का कोई दुःख न था। जो कुछ किया गया था, वह उसे बिलकुल ठीक मानता था। वह तो यह सोचता था कि उसके जो बेटा हुआ था, वह उसका नहीं शाहदौले साहब का था।

जब सलीमा का बुखार उतर गया और मन-मस्तिष्क का तूफान ठंडा पड़ गया, तो नजीब ने उससे कहा, "मेरी जान, अपने बच्चे को भूल जाओ, वह सद के का था।"

सलीमा ने बड़े दुःख-भरे स्वर में कहा, "मैं नहीं मानती। सारी उम्र मैं अपनी ममता पर लानत भेजती रहूंगी कि मैंने इतना बड़ा गुनाह क्यों किया कि अपनी आंखों का तारा बेटा मजार के नौकरों के हवाले कर दिया। ये नौकर मां तो नहीं हो सकते।"

एक दिन वह गायब हो गई। सीधी गुजरात पहुंची और सात-आठ दिन तक वहां रही। उसने अपने बच्चे के बारे में पूछताछ की, लेकिन कोई पता-ठिकाना न मिला। निराश होकर वापस आ गई और अपने पति से कहा, "मैं अब उसे याद नहीं करूंगी।"

याद तो वह करती रही, लेकिन दिल ही दिल में। उसके बच्चे के दाहिने गाल का दाग उसके दिल का दाग बनकर रह गया था। एक वर्ष के बाद उसके यहां एक लड़की का जन्म हुआ। उसकी शक्ल उसके पहलौठी के लड़के से बहुत मिलती थी। अलबत्ता उसके दाहिने गाल पर दाग नहीं था। उसका नाम उसने मुजीवा रखा, क्योंकि अपने बेटे का नाम उसने मुजीब सोचा था। जब वह दो महीने की हुई तो उसने उसको गोद में उठाया और सुरमेदानी से थोड़ी सुरमा निकालकर उसके दाहिने गाल पर एक बड़ा-सा तिल बना दिया और मुजीब को याद करके रोने लगी। उसके आंसू गालों पर टपके, तो उसने तुरंत ही अपने दुपट्टे से पोंछे और हंसने लगी। वह कोशिश करना चाहती थी कि अपना दुःख भूल जाए।

इसके बाद सलीमा के दो लड़के पैदा हुए। उसका पति अब बहुत

---

1. बलि

प्रसन्न था।

एक बार सलीमा को किसी सहेली की शादी के अवसर पर गुजरात जाना पड़ा, तो उसने फिर एक बार अपने मुजीब के बारे में पूछताछ की, लेकिन सफलता न मिली। उसने सोचा कि शायद मर गया है, इसलिए बृहस्पतिवार को उसने उसका चालीसवां[1] अच्छी तरह कर दिया।

अड़ोस-पड़ोस की सब स्त्रियां आश्चर्य में थीं कि किसके बारे में यह इतना झंझट किया गया है। किसी-किसी ने सलीमा से पूछा भी, लेकिन उसने किसी को कुछ उत्तर न दिया।

शाम को उसने अपनी दस बरस की लड़की मुजीवा का हाथ पकड़ा और अन्दर कमरे में ले गई। सुरमे से उसके दाहिने गाल पर बड़ा-सा तिल बनाया और देर तक उस तिल को चूमती रही।

वह मुजीबा ही को अपना खोया हुआ बेटा मानती थी। अब उसने उसके बारे में सोचना छोड़ दिया था। उसका चालीसवां कराने के बाद उसके दिल का बोझ हल्का हो गया था। उसने अपने दिल की दुनिया में उसकी कब्र भी बना ली थी, जिस पर वह अपने विचारों की दुनिया में फूल भी चढ़ाया करती थी।

उसके तीन बच्चे स्कूल में पढ़ते थे। उनको हर रोज प्रातः सलीमा तैयार करती। उनके लिए नाश्ता बनवाती। हर एक को नहलाती-संवारती। जब वे चले जाते, तो एक क्षण के लिए अपने मुजीब का ख्याल आता। यद्यपि वह उसका चालीसवा करा चुकी थी और उसके दिल का बोझ हलका हो गया था, फिर भी उसको कभी-कभी ऐसा लगता कि मुजीब के दाहिने गाल का काला दाग उसके दिसाग में मौजूद है।

एक दिन उसके तीनों बच्चे भागे आए और उससे कहने लगे, "अम्मी, हम तमाशा देखना चाहते हैं।"

उसने बड़े स्नेह से पूछा, "कैसा तमाशा?"

उसकी लड़की ने, जो सबसे बड़ी थी, कहा, "अम्मी जान, एक आदमी

---

1. तेरहवीं की तरह की प्रथा

है, वह बड़ा अच्छा तमाशा दिखाता है।"

सलीमा ने कहा, "जाओ, उसको बुला लाओ। घर के अन्दर न आए, बाहर तमाशा करे।"

बच्चे भागे हुए गए और उस आदमी को बुला लाए और तमाशा देखते रहे। जब वह खत्म हो गया, तो मुजीबा अपनी मां के पास गई, ताकि पैसे दे दे। मां ने अपने पर्स से चवन्नी निकाली और बाहर बरामदे में गई। बाहर दरवाजे के पास पहुंची तो शाहदौले का एक चूहा खड़ा विचित्र मुद्रा में अपना सिर हिला रहा था। सलीमा को हंसी आ गई।

दस-बारह बच्चे उसके आसपास जमा थे। इतना शोर मचा था कि कान पड़ी आवाज सुनाई नहीं देती थी। सलीमा चवन्नी हाथ में लिए आगे बढ़ी और उसने शाहदौले के उस चूहे को देनी चाही, तो उसका हाथ एक-दम पीछे हट गया, मानो बिजली का करंट छू गया हो। उस चूहे के दाहिने गाल पर काला दाग था। सलीमा ने ध्यान से उसकी ओर देखा। उसकी नाक से रेंठ बह रहा था। उसके पास खड़ी मुजीबा ने अपनी मां से कहा, "यह··· यह चहा, अम्मी जान, इसकी शक्ल मुझसे क्यों मिलती है? मैं भी क्या चुहिया हूं?"

सलीमा ने उस शाहदौले के चूहे का हाथ पकड़ा और अन्दर ले गई। दरवाजा बन्द करके ससको चूमा। उसकी बलाएं लीं। वह उसका मुजीब था, लेकिन वह ऐसी विचित्र हरकतें करता था कि सलीमा के दुःख-भरे दिल में हंसी आते-आते रह जाती थी।"

उसने मुजीब से कहा, "बेटे, मैं तुम्हारी मां हूं।"

शाहदौले का चूहा बहुत जोर से हंसा। अपनी नाक की रेंठ आस्तीन से पोंछकर उसने अपनी मां के सामने हाथ फैलाया, "एक पैसा!" मां ने अपना पर्स खोला, लेकिन उसकी आंखें अपनी आंसुओं की नदी पहले खोल चुकी थीं। उसने सौ रुपये का नोट निकाला और बाहर जाकर उस आदमी को दिवा, जो उसको तमाशा बनाए हुए था। उसने इनकार कर दिया कि इतनी कम कीमत पर अपनी रोजी के साधन को नहीं बेच सकता। अन्त

में सलीमा ने उसे पांच सौ रुपये पर राजी कर लिया। रकम देकर जब वह अन्दर आई तो मुजीब गायब था। मुजीबा ने उसको बताया कि वह पिछ-वाड़े से बाहर निकल गया था।

सलीमा की कोख पुकारती रही कि मुजीब, वापस आ जाओ, लेकिन वह ऐसा गया कि फिर वापस न आया।

o o o